KB270392

무소유

두 분 스님이 우리에게 전하는 무소유의 아름다운 메시지!
버리고 비우면 그 자리에 소소한 행복과 삶의 향기가 가득 채워진다

스타북스

비우고 버리면
삶에서 향기가 난다

2026년은 성철 스님이 입적하신 지 33년, 법정 스님이 입적하신 지 16년이 되는 해이자, 『무소유』가 출간된 지 16년을 맞는 해이다.

이 책은 두 분 스님의 맑고 향기로운 삶, 그리고 '무소유'의 가르침을 기리기 위해 출간한 책으로 16년을 한결같이 독자들의 사랑을 받아온 『무소유』와 『무소유의 향기』를 한 권으로 묶어, 간결하고 읽기 쉽게 새로 정리한 합본 개정판이다.

성철 스님과 법정 스님은 불교계를 넘어 우리 사회 전체가 존경해 온 정신적 스승이었다. 진리를 향해 한평생을 바친 두 분의 삶은 혼탁한 시대를 깨우는 종소리와 같았으며, 그분들에 대한 존경과 신뢰는 종교의 경계를 넘어섰다.

　무소유의 화두를 던지고, 그것을 말이 아닌 삶으로 실천하다 떠난 두 분 스님의 가르침은 지금 우리에게 그 어느 때보다 절실하다. 우리는 이 책을 통해 두 분의 행적과 말씀을 되새기며 각자의 삶을 돌아보고, 진정한 행복이 무엇인지, 인생을 어떻게 살아야 하는지를 다시 한 번 묻고자 한다.

　성철 스님은 출가하며 한 편의 시를 남겼다. 흔히 '성철 스님의 출가시'로 불리는 이 시에는 스님의 삶과 수행의 방향이 오롯이 담겨 있다.

하늘에 넘치는 큰일들은

붉은 화롯불에 한 점의 눈송이요.

바다를 덮는 큰 기틀이라도

그 누가 잠깐의 꿈속 세상에

꿈을 꾸며 살다가 죽어가랴.

만고의 진리를 향해 모든 것 다 버리고

초연히 내 홀로 걸어가노라.

　성철 스님은 모든 중생에게는 불성이 깃들어 있다고 설했다. 중생이란 사람만이 아니라 돌멩이와 꽃, 강아지와 구름, 바다와 별까지, 이 땅과 하늘, 우주에 존재하는 모든 것을 가리킨다. 나뭇잎 하나에서 우주를 볼 줄 아는 사람이라면 만물이 존재하는 이유를 알게 될 것이며, 그런 사람은 이 세상 어느 것 하나 함부로 대하지 않을 것이다. 그리하여 진정한 깨달음의 세계에는 분란이 자리할 틈이 없다고 스님은 말하였다.

이러한 깨우침에 이르기 위해 성철 스님은 '무심'과 '침묵'을 강조했다. 여기서 말하는 무심이란 단순히 생각이 없는 상태가 아니라, 집착을 내려놓은 온전한 마음의 평정이다. 진정한 평정에 이른 사람은 고요함과 분주함을 모두 꿰뚫어 본 사람이라 하였다.

'참 나'는 영원하여 종말이 없으나
이를 발견하지 못한 이들은
세상의 끝을 두려워하며 헤맨다.
욕심이 사라지면 마음의 눈이 열리고
순금 같은 자신을 다시 만나게 된다.

소리가 넘쳐나는 곳일수록 공허함 또한 깊다는 사실을 알았던 성철 스님은 수행에 있어 침묵을 무엇보다 중히 여겼다. 고요함은 빛과 함께 흐르는 법이니, 고요하기만 하고 비추지 못하면 죽은 나무와 같고, 비추기만 하고 고요하지 못하면 들뜬 상념에 지나지 않는다. 스님은 침묵 속에 사물의 본성을 꿰뚫는 힘이 있음을 알았고, 우리 또한 침묵을 통해 사물에 깃든 불성에 다가갈 수 있음을 일러주었다.

법정 스님은 말의 의미가 깊어지기 위해서는 먼저 자신을 고독하게 비워야 한다고 가르쳤다. 스님은 종교마저도 하나의 틀로 여기며, 그로부터 자유로워질 때 비로소 진리에 다가갈 수 있다고 했다. 자신을 비워 내며 날마다 새로워지는 것, 그것이 인간의 본래 모습이기에 사람을 판단하는 일에는 늘 신중해야 한다고 하였다. 인간은 과거에서 현재를 거쳐 미래로 끊임없이 변화하는 존재이기 때문이다.

행복할 때는 그 행복에 매달리지 말고,
불행할 때는 이를 피하려 하지 말라.
다만 그대로 받아들이며
맑은 정신으로 자신의 삶을 지켜보라.

법정 스님은 수행의 궁극적 지향을 '풍부한 소유'가 아닌 '풍성한 존재'에 두었다. 삶의 부피가 아니라 삶의 질을 중시하는 태도, 채우기보다 비워 내는 삶이야말로 인간다운 삶이라고 스님은 말하였다. 이러한 가르침 그대로 스님은 생전에 종교를 초월해 많은 이들과 교유했다. 이해인 수녀는 스님의 영면을 기리며 다음과 같은 추모의 글을 남겼다.

무소유의 삶을 실천하신 스님의 설법과 글로
수많은 이들이 위로받고
기쁨과 평화를 누렸습니다.
법정 스님, 그리워하는 이들의 가슴속에

자비의 하얀 연꽃으로 피어나
부처님의 미소를 닮은 둥근 달로 떠오르소서.

우리가 자기 안의 참된 불성을 찾아가는 길, 그 구도의 끝은 해탈일 것이다. 해탈이란 물질과 정신, 밖과 안의 모든 속박에서 벗어나 자유로워지는 일이다. 얽매이지 않음으로써 비워지는 의식, 그것이 진정한 비움이다.

비움은 어쩌면 삶의 틈새와도 같다. 빈틈없이 채우기만 하는 삶은 오래 지속될 수 없다. 삶의 틈새에서 우리는 숨을 쉬고, 내려놓고, 다시 맑아진다. 가을이면 감나무의 감 몇 개를 까치 몫으로 남겨 두던 옛사람들의 마음 또한 그러한 삶의 틈새였다.

이처럼 참선은 특별한 장소나 시간을 필요로 하지 않는다. 일상의 삶 속에서 자연스럽게 이루어지는 비움이야말로 자유로운 피안의 세계로 다가가는 가장 빠른 길이다. 법정 스님은 삶에 대한 미련을 내려놓는 것이야말로 진정한 무소유라고 일깨웠다.

아름다운 마무리는
낡은 생각과 낡은 습관을
미련 없이 버리고
새로운 존재로 거듭나는 일이다.
그러므로 아름다운 마무리는
끝이 아니라 또 하나의 시작이다.

성철 스님과 법정 스님은 모두 고독의 절벽 앞에서 자신을 발견했고, 침묵과 비움 속에서 행복과 합일에 이르렀다. 그리고 그 긴 수행의 시간을 통해 얻은 깨달음을 다시 대중에게 돌려주고자 했다.

이 책은 진리와 세상 사이에 다리가 되고자 했던 두 분 스님의 삶과 말씀을 담은 하나의 설법서다. 삶에서 길어 올린 지혜와 무소유의 정신이 이 책을 읽는 이들에게 혼탁한 세상을 건너는 작은 틈이자 지름길이 되기를 바란다. 이 세상을 살아가는 모든 이들의 곁에 두 분 스님과 이 책이 오래도록 향기로 남기를 바라며, 본문 일부를 무소유의 잔향으로 남긴다.

우리는 필요에 의해 물건을 갖지만,
때로는 그 물건 때문에 마음이 쓰인다.
무엇인가를 갖는다는 것은
다른 무엇인가에 얽매인다는 뜻이다.
많이 갖고 있다는 것은
그만큼 많이 얽혀 있다는 말이다.

1부 무소유

1장 무소유의 행복

9장 행복은 지금 이 자리에 있습니다

10장 해탈의 길

부록 성철·법정 스님의 명언 100선

1부

×

무
소
유

1장

무소유의 행복

물욕을 버리면
낙원이 보입니다

차라리 도道를 지키다가 빈천 속에서 죽을지언정,
도에서 벗어난 짓을 하며 남의 것을 탐내고
부귀를 누려 사는 일은 없어야 한다.
만일 그렇게 되면 무간지옥에 떨어지게 된다.
《육도집경》

연말이 되면 어김없이 언론에는 미담 美談이 소개됩니다. 잠시나마 추운 계절을 잊게 하는 이야기들입니다.

특히 올해는 늦더위가 기승을 부리다가 가을을 건너뛰고 곧바로 겨울을 맞이해서인지, 유난히 추위가 더 깊게 느껴집니다. 이럴 때면 더욱 따뜻한 정이 그리워집니다.

정작 나는 주변 사람들에게 따스한 관심과 애정을 충분히 건네지 못하면서도, 연말이 가까워 오면 유난히 누군가로부터 위로와 온기를 받고 싶어집니다. 그런 날, 식당 한켠에서 신문을 펼쳐 들었다가 가슴을 뭉클하게 하는 기사 한 토막을 읽게 되었습니다.

70대 할머니, 전 재산 가톨릭학원에 기부

실내에 들어와서도 목도리를 풀지 않았던 나는, 기사를 읽는 사이 어느새 몸이 따뜻해지는 것을 느끼며 목도리를 풀어 의자에 걸쳐 두었습니다.

할머니는 평생 파출부 일을 하고 하숙집을 운영하며 모은 15억 원 상당의 상가 건물을 가톨릭학원 측에 기증했다고 합니다.

"나는 제대로 배우지 못했지만, 형편이 어려워 공부할 기회를 갖지 못하는 학생들을 위해 써 달라"는 말도 덧붙였습니다.

더욱 감동적인 것은, 할머니의 자녀들 역시 이 뜻을 흔쾌히 받아들였다는 사실입니다. 할머니는 자녀들에게도 고마움을 전했습니다.

한평생 모은 전 재산을 사회단체나 교육기관에 희사하는 일은 결코 쉬운 일이 아닙니다. 대부분의 사람들은 부를 축적하는 데 삶의 목적을 두고, 그 부를 기준 삼아 사람의 인격과 행복을 재단합니다. 그래서 재산은 죽는 순간까지 손에서 놓지 않으려 하고, 심지어 죽은 뒤에도 후손에게 물려줍니다. 그만큼 부는 우리 삶에서 절대적인 자리를 차지하고 있습니다.

그런데 이 할머니는 피땀 흘려 모은 전 재산을 자녀에게 한 푼도 남기지 않고 사회에 환원했습니다. 쉽게 번 돈이야 쉽게 내놓을 수도 있겠지만, 온갖 고생 끝에 모은 재산을 선뜻 사회에 내놓는 일은 여간 어려운 일이 아닙니다. 한 푼 한 푼에는 한 사람의 세월이 고스란히 깃들어 있기 때문입니다.

이 기사를 읽으며 나는 자연스럽게 성철 스님의 말씀을 떠올렸습니다.

먹물 들인 두루마기를 손수 기워 입으며 철저한 무소유의 삶을 살다 가신 분. 장좌불와長坐不臥와 동구불출洞口不出을 몸소 실천하며, 8년 동안 단 한 번도 눕지 않고 참선을 했고, 10년 동안 철조망 안에서 경전을 독파했습니다.

무소유를 말하는 철학자와 종교인은 많지만, 자신의 생 전체를 걸고 무소유를 실천한 이는 드뭅니다. 성철 스님은 말이 아니라 삶으로 무소유를 증명한 분이었습니다.

최근에는 『무소유』로 잘 알려진 법정 스님이 입적했습니다. 스님은 떠나며 자신의 모든 저서의 판매를 금지하라는 유언을 남겼습니다. 세상에 올 때와 다름없이 떠나고 싶다는 뜻이었습니다. 말과 실천이 하나였기에, 사람들은 그 마지막 모습에서도 깊은 감동을 받았습니다.

불교에서 말하는 삼생三生이란 전생前生, 금생今生, 후생後生을 뜻합니다. 인간은 이 세 번의 삶을 거치는데, 물욕은 현재의 삶에만 영향을 미치는 것이 아니라 전생과 후생에까지 그 흔적을 남긴다고 합니다. 그만큼 물욕은 우리의 삶 전체를 좌우하는 힘을 지닙니다.

성철 스님은 이러한 물욕을 '원수'라 부르며 단호히 배척했습니다. 그래서 스님의 전 재산은 두루마기와 버선, 고무신 한 켤레가 전부였습니다. 그것마저도 입적과 함께 자신의 소유가 아니게 되었습니다. 법정 스님의 마지막 모습 역시 이와 다르지 않았습니다.

사람 나이 일흔. 금생의 시간으로 치면 막바지에 이른 나이입니다. 그 나이가 되도록 한 푼 두 푼 모은 재산을 기꺼이 사회에 내놓은 할머니와, 평생을 무소유로 살아간 성철 스님은 닮아 있습니다. 할머니가 불교를 믿었는지, 가톨릭을 믿었는지는 중요하지 않습니다. 전생과 후생이 실제로 존재하는지 여부 또한 본질은 아닐 것입니다. 중요한 것은 지금 이 삶 속에서 물질에 얽매이지 않고, 맑고 투명한 생의 빛을 발하며 살아가느냐 하는 점입니다.

만약 공기처럼 써도 써도 줄지 않는 물질이 세상에 가득하다면, 우리의 삶은 어떻게 달라질까요. 물질을 차지하기 위해 경쟁할 필요가 없다면, 인간은 비로소 본래의 모습으로 돌아갈 수 있지 않을까요.

그러나 지금의 세상은 제한된 물질을 놓고 서로 다투며 살아가고 있습니다. 그렇게 얻은 부에도 만족하지 못한 채, 더 많은 이윤을 위해 끊임없이 상품을 만들어 내고 소비를 부추깁니다. 철학과 종교, 예술과 문학, 과학이 지향하던 '진리에 대한 추구'는 어느새 '이윤에 대한 추구'로 뒤바뀌고 말았습니다.

이 사회는 우리에게 소유의 집착이 최고의 선인 것처럼 속삭입니다. 그 결과 우리는 삶의 진정한 가치를 잃어버리고 있습니다.

점점 더 각박해지는 세상에서, 성철 스님과 법정 스님의 무소유 정신이 더욱 그리워집니다.

소유의 집착으로 지친 사람들의 마음이 조금이나마 환해질 수 있도록, 날마다 맑은 생각이 이 사회를 지배하기를 조용히 소망해 봅니다.

영원한 진리를 위해
집착을 버리세요

한 그루의 나무를 자르지 말고
욕망의 숲 전체를 잘라라.
위험은 욕망의 숲에서 생긴다.
욕망의 숲과 잡목을 자르고
욕망에서 벗어난 자가 되어라.
그리고 영원한 자유를 찾으라.

《법구경》

요즘 어렵지 않게 들을 수 있는 말 가운데 하나가 '주객전도主客顛倒'일 것입니다. 말 그대로 주인과 손님의 자리가 뒤바뀌는 것을 뜻하며, 사물의 중요성과 가치의 순서가 거꾸로 된 상태를 말합니다. 이 말이 유독 자주 회자되는 이유는, 그만큼 우리 시대가 심각한 가치의 혼란을 겪고 있다는 방증일지도 모릅니다. 무엇이 본질이고 무엇이 수단인지를 분별하지 못한 채 살아가는 모습이, 이제는 예외가 아니라 일상이 되어 버렸기 때문입니다.

대표적인 예가 바로 사람보다 돈이 앞서는 황금만능주의 사회입니다. 돈은 본래 사람의 삶과 행복을 돕는 수단이지만, 어느새 목적이 되어 버렸습니다. 이제는 돈을 축적하기 위해 삶을 소모하고, 심지어 타인의 권리와 존엄마저 침해하는 일도 서슴지 않습니다. 사람의 가치는 얼마나 벌었는가로 평가되고, 인간관계조차 이익과 손해의 계산 속에서 재단됩니다. 이러한 인간과 돈의 가치 전도 현상은 오늘날 사회의 온갖 부정과 비리, 모순 가운데서도 가장 근본적인 문제라 할 수 있습니다.

성철 스님은 이러한 가치 전도의 본질을 정확히 짚어내신 분입니다. 스님은 진리를 위해 불교를 택했지, 불교를 위해 진리를 택한 것이 아니라고 말씀하셨습니다. 이 말은 종교의 이름이나 형식보다, 그 안에서 무엇을 향해 가고 있는가가 더 중요하다는 뜻입니다. 그러나 현실에서는 자신의 종교와 진리를 혼동하는 경우를 흔히 볼 수 있습니다. 자신이 믿는 종교만이 진리이고, 다른 종교는 모두 그릇되었다고 여기는 태도입니다. 특정 신앙만이 유일한 진리라고 주장하는 순간, 다른 모든 신앙은 거짓이 되어 버리고, 대화와 공존의 가능성도 함께 닫히게 됩니다.

이에 대해 성철 스님은 불교 역시 진리를 향해 나아가기 위한 하나의 방편일 뿐이라고 말합니다. 불교 그 자체가 목적이 아니라, 진리가 목적이라는 것입니다. 불교는 진리에 이르는 데 가장 적합한 길일 뿐이며, 그렇기에 다른 종교 또한 각자의 신앙 안에서 진리를 추구하는 방편이 될 수 있다고 보았습니다. 기독교든 이슬람교든, 그것을 믿는 이들에게는 모두 진리를 향한 길이라는 점에서 존중받아야 할 가치가 있다는 뜻입니다. 이 관점은 종교 간의 우열을 가르기보다, 각자가 서 있는 자리에서 얼마나 성실하게 진리를 향해 나아가고 있는지를 묻는 태도이기도 합니다.

그리고 일단 진리를 향한 결심이 섰다면, 그 외의 것은 한 줌의 모래처럼 내려놓을 수 있어야 할 것입니다. 오직 자신의 종교만이 진리라고 주장하는 종교인들을 가만히 들여다보면, 세속의 부와 명예, 권력을 동시에 움켜쥐고 있는 경우가 적지 않습니다. 다른 종교를 부정하는 태도는 결국 진리를 위한 선택이 아니라, 은근한 권력 추구로 이어지기 쉽습니다. 권력은 언제나 중심과 주변을 가르는 흑백논리에서 비롯되며, 그 논리는 결국 사람과 사람 사이에 벽을 세웁니다.

다른 종교를 너그럽게 인정하는 태도는 그 자체로 이미 세속적 집착을 내려놓았다는 증거입니다. 욕심을 비워 낸 사람만이 타인의 길도 온전히 포용할 수 있습니다. 성철 스님은 특정 종교가 아니라 진리 그 자체를 선택함으로써, 종교라는 이름 아래 숨어 있는 세속의 욕망과 집착을 단호하게 끊어 냈습니다. 그 엄격함은 배타성이 아니라, 오히려 더 넓은 포용으로 이어졌습니다.

법정 스님의 입적 이후 다시 화제가 된 것도, 스님과 이해인 수녀와의 깊은 교류였습니다. 서로 다른 신앙의 길 위에 서 있었지만, 두 사람은 신앙의 이름보다 인간의 진실성과 따뜻함을 먼저 알아보았습니다. 자신이 믿는 종교를 소중히 여기되, 타 종교를 존중하는 태도는 곧 세상으로 열린 마음의 표현입니다.

결국 사람들이 진정으로 존경하는 인물들은 대개 이처럼 경계를 넘는 넉넉한 마음의 소유자였습니다.

수행을 하려면 가난을 배우세요

진실하게 수행하는 사문(沙門)이란 어떤 사람인가.
그는 몸이나 생명에 대해서도 바라는 것이 없는데,
하물며 이익과 존경, 명예를 바랄 리 있겠는가.
열반마저 원하지 않으면서 청빈한 수행자의 삶을 산다.
진리에 귀의하고 사람에게 귀의하지 않는다.
번뇌로부터의 해탈을 안에서 구하며 밖을 헤매지 않는다.

《보적경》

평생 가난을 벗 삼아 살았던 성철 스님의 삶을 떠올리면, 우리는 자연스레 '청빈淸貧'이라는 말의 의미를 다시 생각하게 됩니다.

청빈은 단순히 못 먹고 헐벗는 삶이 아닙니다. 의식주에 대한 욕심을 내려놓은 상태에서 마음의 평화를 지켜 내는 삶, 그것이 진정한 청빈일 것입니다.

청빈의 본뜻은 '나누어 가짐'에 있습니다. 청빈의 반대말은 부富가 아니라 탐욕입니다. 한자 '탐貪'은 조개 패貝 위에 '지금 금今'자가 얹혀 있어, 화폐를 움켜쥐는 모습을 뜻합니다. 반면 '빈貧'은 조개 패貝 위에 나눌 분分 자가 얹혀 있습니다. 탐욕은 움켜쥠이고, 가난은 나눔이라는 뜻입니다. 따라서 청빈이란, 가진 것을 나누는 삶을 말합니다.

옛사람들은 찢어지게 가난한 가운데서도 마음만은 평온하게 도를 즐길 줄 알았습니다. 의식주가 풍족하고 명예까지 갖추어야 행복하다고 여기는 것이 보통 사람들의 생각입니다. 그렇기에 안빈낙도安貧樂道, 곧 가난 속에서도 도를 즐기며 살아간다는 것은 결코 쉬운 일이 아닙니다.

공자가 아꼈던 제자 안회는 학문에 대한 열정이 남달라 스물아홉의 나이에 이미 머리가 희어졌다고 전해집니다. 덕행 또한 뛰어나 공자조차 배울 점이 많다고 여겼습니다. 그러나 그는 일생 동안 극심한 가난에 시달렸습니다. 끼니를 제대로 잇지 못했고, 지게미조차 배불리 먹지 못했습니다. 그럼에도 그는 자신의 처지를 한 번도 원망하지 않았습니다. 오히려 주어진 환경을 담담히 받아들이며 성인의 도를 좇는 데 힘썼습니다. 이에 공자는 이렇게 말했습니다.

안회는 서른한 살의 젊은 나이에 요절했지만, 공자가 그를 높이 평가한 이유는 바로 학문에 대한 사랑과 안빈낙도의 삶의 자세 때문이었습니다.

원불교 교조 소태산 대종사 역시 안빈낙도의 뜻을 이렇게 설명했습니다. 가난이란 무엇인가 부족한 상태이며, 안분이란 자신의 분수에 편안함을 찾는 일이라고 말합니다. 이미 피할 수 없는 가난이라면 그것을 담담히 받아들이되, 그 속에서 미래의 행복을 준비하는 데서 즐거움을 찾으라는 가르침입니다. 공부하는 사람은 분수에 편안해질 때, 현재의 고통이 장차 복락으로 바뀔 것을 알기에 낙도를 이룰 수 있다고 했습니다.

무소유 속에서 수도했던 성철 스님은 '출가出家'의 의미 또한 철저히 무소유로 설명하셨습니다. 출가는 단지 집과 가족을 떠나는 것이 아니라, 자기 자신에 대한 소유마저 내려놓는 일이라고 하셨습니다. 작은 가족을 떠나 더 큰 가족인 사회와 국가를 위해 사는 것, 그리고 자기 중심을 완전히 버리고 일체를 위해 사는 것이 출가의 본뜻이라는 것입니다. 자기중심에 머무는 삶은 출가가 아니라 재가에 불과하며, 그곳에서 온갖 갈등과 분쟁이 비롯된다고 보았습니다.

법정 스님의 무소유 또한 나눔에서 출발했습니다. 스님은 책을 통해 상당한 인세를 얻었지만, 그 부를 쌓아 두지 않았습니다. 공부하고 싶어도 가난 때문에 배울 수 없는 이들을 위해 장학금으로 내놓았습니다. 스님이 떠난 뒤 남은 것은 평소 아끼던 『어린 왕자』 같은 몇 권의 책뿐이었다고 합니다. 무소유란 아무것도 가지지 않는 것이 아니라, 가진 것을 나누어 비우는 것임을 스님은 몸소 보여 주셨습니다.

무소유에서
때묻지 않은 정신이
살아납니다

그는 세상에서 아무것도 가진 것이 없다.

그렇다고 무소유를 걱정하지도 않는다.

그는 모든 사물에 이끌리지 않는다.

그는 아무것에도 머무르지 않고 사랑하거나 미워하지 않는다.

슬픔도 인색함도 그를 더럽히지 않는다.

마치 연꽃에 진흙이 묻지 않는 것처럼.

그는 참으로 '평안한 사람'이다.

《숫타니파타》

말로는 청빈하게 살겠노라고 말하기 쉽습니다. 청빈한 삶을 사는 사람을 보며 흠모하거나 동경하는 일도 어렵지 않습니다. 그러나 정작 스스로 청빈의 삶을 살아간다는 것은 결코 쉬운 일이 아닙니다.

간혹 국내외에서 물질적 소유를 완전히 내려놓고 종교적 수행에 전념하는 이들이 소개되며 우리의 관심을 끌곤 합니다. 외국에는 베스트셀러 작가로도 알려진 틱낫한 스님이 있고, 우리나라에는 법정 스님이 있습니다. 그러나 이들보다도 더욱 철저하게 무소유의 삶을 살다 간 분이 바로 성철 스님입니다.

평생 무소유로 일관했던 성철 스님의 일화 하나를 소개하고자 합니다. 이 이야기는 정찬주 작가의 글에서 옮긴 것입니다.

스님께서 해인사 백련암에 계실 때의 일입니다. 어느 날 시자가 공양을 준비하다가 무심코 썩은 당근 뿌리를 쓰레기통에 버렸습니다. 부엌을 지나던 스님께서 그것을 보시고 호통을 치셨습니다.

"이 당근, 누가 버렸노?"

시자는 당황하여 대답했습니다.

"썩은 것 같아서 버렸습니다."

그러자 스님께서는 기가 막힌 표정으로 말씀하셨습니다.

"이 녀석아, 이 당근은 네 것이 아니라 신도들의 것이여. 밥알 하나가 버려지면 그 밥알이 다 썩어 흙이 될 때까지 불보살이 합창하고 있는 것이여. 당장 썩은 부분만 도려내고 나머지는 찬으로 쓰도록 해.”

시자의 눈에는 푸들푸들하고 거무죽죽하게 썩은 당근이 보였습니다.

“당근 뿌리 썩은 걸 버렸는데, 무얼 그리 야단이십니까?”

이 말에 스님께서는 불같이 화를 내셨습니다.

“썩은 배춧잎 하나도 이리저리 발겨서 쓰는 게 불가의 법도인 줄 몰랐더냐?”

아무 말도 못 하고 쩔쩔매는 시자가 안쓰러웠던지, 스님은 그렇게 말씀하신 뒤 자리를 떠나셨습니다.

봉암사 시절에도 비슷한 일이 있었습니다. 어느 날 스님께서 요사채 하수구를 보시다가, 물이 빠지지 못한 채 고여 있는 것을 발견하셨습니다. 그 물 위에는 몇 방울의 참기름이 동동 떠 있었습니다. 스님은 그곳에서 일하던 젊은 스님을 부르셨습니다.

“저게 무엇인가?”

“하수구에 버린 물입니다.”

“니 눈에는 물만 보이노. 더러운 물만 보이노.”

불호령이 떨어졌고, 스님은 젊은 스님을 밀쳐 넘어뜨렸습니다. 다시 일어난 그에게 스님은 다시 물으셨습니다.

“니 눈에는 정말 아무것도 안 보인단 말이가?”

그제야 젊은 스님은 눈을 크게 뜨고 참기름 몇 방울을 발견했습니다.

“네, 스님. 참기름이 떠 있습니다.”

“그래, 이 당달봉사 같은 놈아. 당장 양동이를 가져오그래이.”

“무엇에 쓰시려고요?”

“공양 밥통을 가져오란 말이다.”

젊은 스님이 놋쇠 양동이를 가져오자, 스님은 주저 없이 말씀하셨습니다.

“하수구 물을 퍼 담그래이.”

양동이에 물이 반쯤 찼을 때, 스님은 목탁을 세 번씩 일정한 간격으로 쳐 대중을 모이게 했습니다. 그리고는 모두가 둘러앉자 각자의 바루에 하수구 물을 똑같이 나누게 했습니다.

“저 스님이 잘못한 게 아니라 우리가 지도를 잘못해서 시물을 버렸다. 그러니 다 같이 마시자는 것이야.”

이 일화는 성철 스님이 말한 무소유가 단순한 절제가 아니라, 사물 하나하나를 대하는 마음의 태도임을 잘 보여줍니다.

오욕을 버리면
진리의 본모습이
보입니다

욕심과 분노와 어리석음, 거만함은
네 개의 독화살과 같아 모든 병을 일으킨다.
밖에서 오는 독화살은 막을 수 있으나
안에서 오는 독화살은 막을 수 없다.

《아함경》

수세기 동안 전해 내려오는 수많은 문학 작품은 욕심이 한 인간을 어떻게 파멸로 이끄는지를 생생히 보여줍니다. 우리 고전 소설 『흥부전』은 욕심 많은 인물이 결국 벌을 받는 인과응보의 법칙을 전합니다. 셰익스피어의 『베니스의 상인』 또한 욕망에 사로잡힌 한 인간이 몰락에 이르는 과정을 적나라하게 그려 냅니다.

『베니스의 상인』의 줄거리는 이렇습니다. 베니스의 상인 안토니오는 친구 바사니오의 청으로, 포샤에게 구혼할 자금을 마련해 주기 위해 유대인 고리대금업자 샤일록에게 돈을 빌립니다. 그 대가로 돈을 갚지 못할 경우 자신의 살 1파운드를 내주겠다는 증서를 씁니다.

포샤는 세 개의 상자―금·은·납―중 자신의 초상이 들어 있는 상자를 고르게 하고, 바사니오는 납 상자를 선택해 구혼에 성공합니다. 그러나 안토니오는 장사하러 나간 배가 돌아오지 않아 생명의 위기에 처합니다. 이때 남장을 한 포샤가 재판관이 되어 샤일록에게 '살은 주되 피를 흘려서는 안 된다'고 판결함으로써, 샤일록은 패소하고 재산을 몰수당하며 개종을 명령받습니다. 이후 안토니오의 배는 돌아오고, 샤일록의 딸 젠카는 아버지가 반대하던 연인 로렌조와 결혼합니다.

이처럼 동서양을 막론하고 욕심은 오래전부터 경계의 대상이었습니다. 그러나 현실 사회에서는 늘 욕심 많은 부자와 권력자가 선량하고 가난한 이들에게 횡포를 부려 왔습니다.

성철 스님은 인간이 진리의 본모습을 보지 못하는 이유가 바로 욕심 때문이라고 말했습니다. 그렇다면 불교에서 말하는 욕심이란 무엇일까요.

불교에서는 욕망을 다섯 가지로 설명합니다. 눈·귀·코·혀·몸의 다섯 감각기관이 색·성·향·미·촉의 대상에 집착하면서 생겨나는 욕망, 곧 오욕五欲입니다. 또한 재욕·식욕·성욕·명예욕·수면욕 역시 오욕에 포함됩니다. 감각 그 자체가 욕망은 아니지만, 욕망을 일으키는 원인이 되기에 그렇게 부르는 것입니다.

이 다섯 가지 욕심 때문에 우리는 진리의 참모습을 보지 못하고, 마치 진흙탕 속에 얼굴을 묻은 채 살아가는지도 모릅니다. 세상의 참모습이 곧 진리일 텐데, 욕망이 그 눈을 가려 버린 것입니다.

이 점에서 성철 스님과 법정 스님이 평생을 통해 보여 준 무소유의 삶은, 진리를 향한 유일한 길이 무엇인지를 분명히 일깨워 줍니다. 적당한 소유와 알맞은 욕망 속에서는 결코 진리의 본모습을 볼 수 없음을, 성철 스님은 자신의 생으로 증명하셨습니다.

예수 또한 인간의 욕망을 이렇게 경계했습니다.

부자가 하느님 나라에 들어가는 것보다 낙타가 바늘귀를 빠져나가는 것이 더 쉬울 것이다.

무소유란 법정 스님의 말씀처럼, 자신에게 꼭 필요한 것 이상을 소유하지 않는 삶입니다. 아무것도 갖지 않고 살 수는 없지만, 우리는 필요 이상의 것을 가지려는 욕망에 지나치게 집착하고 있습니다. 성철 스님과 법정 스님의 삶처럼, 무엇을 소유하고 무엇을 나누어야 할지를 분별하며 살아갈 때, 비로소 때 묻지 않은 정신과 진리의 얼굴이 우리 앞에 드러날 것입니다.

무엇을 굴레라 말하고 무엇을 족쇄라 말하는가.

육신은 나를 얽어매는 굴레다.

육신의 욕구와 욕망은 정신을 옭아매는 족쇄다.

감정과 생각에 집착함, 그리고 자기중심적 사고 또한

우리를 얽어매는 굴레요 족쇄다.

《아함경》

✿

"차나 한잔 들고 가게나."

이 한마디 화두로 널리 알려진 인물이 바로 조주趙州 스님입니다. 조주 스님은 남전의 수제자로, 속성은 학씨이며 당나라 때인 778년 조주 학향에서 태어났습니다. 아주 어린 나이에 입산하여 열네 살 때 스승 남전을 만났습니다.

어느 날 남전이 낮잠에서 깨어 보니 곁에 한 사미승이 서 있었습니다. 남전이 눈을 뜨자마자 사미승은 고개를 숙여 넙죽 인사를 올렸습니다. 사미승이 자신은 서상원에서 왔다고 하자, 남전은 장난스럽게 물었습니다.

"거기서 부처님 꼬리라도 보았느냐?"

그러자 사미승은 조금도 주저하지 않고 대답했습니다.

"부처님 꼬리는 못 보고, 누워 계신 부처님은 보았습니다."

누워 있는 부처란 다름 아닌 남전 자신을 가리킨 말이었습니다. 남전이 다시 "네게 스승이 있느냐?"고 묻자, 사미승은 말 대신 넙죽 엎드려 절을 올렸습니다.

이 인연으로 남전은 조주를 곁에 두고 사십여 년 동안 가르침을 베풀었다고 합니다. 조주 스님은 사십 년간 스승을 시봉하다가, 남전이 입적한 뒤에야 본격적으로 제자들을 지도하기 시작했습니다. 그리고 897년, 120세를 일기로 세상을 떠났으니, 선승 가운데서도 가장 장수한 인물로 전해집니다.

조주 스님은 검소한 생활로 자신을 다스렸으며, 절개가 워낙 굳어 왕이 찾아와도 자리에서 일어나지 않았다고 합니다. 그의 가르침은 늘 짧고 즉각적이어서, 웬만한 사람은 감히 질문조차 하기 어려웠다고 합니다. 이러한 일화들은 『송고승전』, 『조당집』과 그의 어록 곳곳에 전해지고 있습니다.

조주 스님의 '무소유의 철학'을 잘 보여 주는 일화가 하나 있습니다.

어느 날 한 스님이 조주 스님을 찾아와 절을 하고 말했습니다.

"빈손으로 왔습니다."

그러자 조주 스님은 뜻밖에도 이렇게 말했습니다.

"그럼 내려놓게나."

'빈손이라 했는데 무엇을 내려놓으란 말인가.'

그 스님은 얼굴이 붉어져 다시 말했습니다.

"정말 빈손으로 왔습니다."

그러자 조주 스님은 태연히 말했습니다.

"그럼 계속 들고 있게나."

말문이 막힌 스님은 아무 대답도 하지 못했습니다.

조주 스님은 찾아오는 이가 무엇을 가져왔는지, 혹은 가져오지 않았는지에 매여 생겨나는 형식과 의례, 나아가 그로 인해 생긴 미안한 마음마저 단호히 부정하고 있습니다. 보통 사람이라면 빈손으로 왔다는 사실만으로도 마음이 가벼워질 것입니다. 그러나 조주 스님은 무소유의 깊이를 그보다 한층 더 밀고 들어갑니다.

진정한 무소유란 단지 물질을 갖지 않는 데서 그치는 것이 아니

라, 마음마저도 형식과 의례, 체면과 생각에 얽매이지 않는 데 있
음을 이 일화는 일깨워 줍니다.

나를 찾지 말고
부처님을 찾으세요

진리는 하나요 둘일 수 없다.
그러므로 진리를 아는 사람은 다투지 않는다.
그러나 사람들은 제각기 다른 진리를 찬양하며
자기와 다른 견해를 어리석다 말한다.
이로 인해 세상에는 끝없는 언쟁이 일어난다.
모든 편견을 버린다면, 그 언쟁은 사라질 것이다.

《숫타니파타》

세상에는 우주와 인생의 이치를 깨달았다고 주장하는 이들이 적지 않습니다. 그런 이들일수록 자신과 다른 생각을 좀처럼 인정하지 않으며, 오직 자신만이 옳다고 말합니다. 자신의 논리로만 이 세상의 모든 현상을 설명할 수 있다고 믿기 때문입니다.

또한 그들의 공통된 특징은, 자신의 사소한 오류조차 인정하지 않으려 한다는 점입니다. 자신이 세운 논리는 완전하며, 세상의 모든 문제를 설명할 수 있다고 확신합니다. 만약 그런 완벽한 논리가 실제로 존재한다면 얼마나 좋겠습니까. 그러나 현실에서는 그러한 '완전함'을 자처하는 이들이 너무도 많습니다. 종교계와 철학계 곳곳에서 우리는 이런 모습을 어렵지 않게 마주합니다.

이처럼 모두가 자신이 옳다고 주장한다면, 그 결과는 자명합니다. 서로를 인정하지 못하니 갈등과 대립이 끊이지 않을 수밖에 없습니다. 앎이나 진리를 외부에서 찾으려 할수록, 인간 사회는 '네가 옳으냐, 내가 옳으냐'라는 논쟁으로 뒤덮이게 됩니다.

이런 점에서 진리를 외부에서가 아니라 자기 마음에서 찾으라고 일깨운 육조 혜능의 일화는 깊은 울림을 줍니다.

혜능은 홍인으로부터 법을 받은 뒤, 무려 십오 년 동안 저잣거리를 떠돌며 몸을 숨기고 살았습니다. 홍인이 입적한 뒤에야 그는 세상에 모습을 드러내고 머물 곳을 찾아 나섰습니다. 어느 날 광주 법성사 근처를 지나는데, 여러 승려들이 언성을 높이며 다투고 있었습니다.

"저건 깃발이 펄럭이는 것이네."

"아니야, 바람이 깃발을 움직이는 것이니 바람이 펄럭이는 거
지."

논쟁은 점점 격해져 언쟁으로 번졌습니다. 혜능은 그 모습을 한
참 바라보다가, 끝내 타협이 이루어지지 않자 조용히 입을 열었습
니다.

"그건 깃발이 펄럭이는 것도 아니고, 바람이 펄럭이는 것도 아닙
니다."

사람들은 일제히 말을 멈추고 혜능을 바라보았습니다.

"그렇다면 무엇이 펄럭인다는 말입니까?"

혜능은 차분히 대답했습니다.

"펄럭이는 것은 바로 여러분의 마음입니다."

순간, 무리 속에서 탄성이 터져 나왔습니다.

육조 혜능은 진정한 앎이란 외부의 논리나 교리, 종교 체계 속에
있는 것이 아니라, 자기 안에 깃든 부처의 마음에서 찾아야 한다는
사실을 이 일화로 분명히 보여 주었습니다. 진리를 밖에서 찾을 경
우, 불교에서는 불교만을, 기독교에서는 기독교만을, 또 다른 사상
에서는 그 사상만을 진리로 여기게 될 것입니다.

그러나 참된 진리는 바람에도, 깃발에도 있지 않습니다. 오직 자
신의 내면에 있습니다. 그렇기에 성철 스님은 '나'를 찾지 말고, 우
리 안에 이미 자리한 부처를 찾으라고 하신 것입니다. 깨닫고 나면
우리 모두가 부처라는 사실을, 결코 잊지 말아야 할 것입니다.

산중에서도
모든 것의 실체를
볼 수 있습니다

우리는 숲속에서 고독하게 살고 있다.

숲속에 나뒹구는 나뭇조각같이.

하지만 많은 사람들은 우리를 부러워한다.

지옥에 떨어진 이들이 천상에 사는 이들을 부러워하듯.

《장로계경》

세상에 대한 앎의 방식을 일컬어 인식론이라 합니다. 인간이 과연 세상의 진실을 온전히 파악할 수 있는지, 혹은 그럴 수 없는지에 따라 인식론은 크게 두 갈래로 나뉘어 왔습니다.

가령 플라톤은 '이데아'라는 개념을 통해, 인간이 감각으로 받아들이는 세계는 참된 실재가 아니라 그림자에 불과하다고 보았습니다. 눈과 귀 같은 감각 기관으로 인식되는 현상 너머에 진정한 실재가 있으며, 인간은 그 이데아를 포착해야 한다는 것입니다.

반면 유물론의 입장에서는 인간의 감각 기관을 통해 들어오는 감각 자료야말로 진실에 이르는 출발점이라고 봅니다. 인간은 이 감각 자료를 바탕으로 끊임없는 인식과 실천의 변증법적 과정을 거치며, 현재보다 미래에 더 많은 세계의 진상을 밝혀 나갈 수 있다고 말합니다.

이 두 흐름은 오늘날까지도 다양한 변주를 거치며 이어지고 있습니다. 큰 줄기 안에서 몇몇 항목이 보완되거나 수정되었을 뿐, 근본적인 갈래는 크게 달라지지 않았습니다.

그렇다면 이러한 인식론의 흐름 속에서 성철 스님은 어디에 서 계셨을까요. 고승이었던 성철 스님은, 보통 사람들처럼 감각 기관에 의존해 세계를 인식하는 방식과는 분명 다른 길을 걸었습니다.

성철 스님의 사상은 한마디로 '돈오돈수頓悟頓修'로 요약할 수 있습니다. 이 사상이 널리 알려진 계기는 1982년에 출간된 『선문정로』였습니다. 성철 스님이 밝힌 돈오돈수란 '단번에 깨닫고, 단번에 닦는다'는 뜻입니다.

그 이전까지 한국 불교계에서는 보조국사가 설한 '돈오점수頓悟漸修', 곧 단번에 깨닫되 수행은 점차 닦아 나간다는 사상이 널리 받아들여지고 있었습니다. 이에 대해 성철 스님은 다음과 같이 강하게 비판했습니다.

요즘 우리나라 선방을 보면 보조국사의 초기 저작만을 잘못 이해하고 돈오점수를 주장하는 사람들로 가득합니다. 돈오점수를 선사상이라 말하는 이는 보조 스님을 제대로 알지 못하는 사람입니다. 800년이 지난 지금까지 돈오점수가 선종사상이라고 주장한다면, 보조국사가 웃을 일입니다.

이처럼 단호하게 돈오돈수를 주장한 성철 스님이 도달한 '구경각究竟覺', 곧 궁극의 깨달음이란 어떤 경지일까요. 그것은 말 그대로 보통 인간의 인식 차원을 넘어서는 상태를 뜻합니다. 사물에 대해 굳이 애써 알려고 하지 않아도, 모든 것이 자연히 드러나 보이는 경지라 할 수 있습니다.

이 깨달음을 이해하는 하나의 방식으로 '신통력神通力'의 관점에서 성철 스님의 경지를 살펴보는 것도 의미가 있을 것입니다. 그렇게 할 때, 막연하고 신비롭게만 느껴지던 깨달음이 보다 분명한 윤곽을 드러내게 됩니다.

일반적인 상식의 세계에서 헤아릴 수 없는 것을 헤아림을 '신神'

이라 하고, 그 헤아림에 걸림이 없는 상태를 '통通'이라 합니다. 불교에서는 이러한 신통을 여섯 가지로 설명합니다.

천안통天眼通: 멀고 가까움, 크고 작음을 가리지 않고 모든 것을 밝게 보는 능력입니다.

천이통天耳通: 거리와 높낮이에 상관없이 모든 소리를 분명히 듣는 능력입니다.

신족통神足通: 공간의 제약을 받지 않고 자유롭게 왕래하며, 몸을 마음대로 변화시키는 능력입니다.

타심통他心通: 사람은 물론 모든 중생의 마음속 생각을 알아차리는 능력입니다.

숙명통宿命通: 자신과 더불어 육도에 윤회하는 모든 중생의 전생·금생·후생을 아는 능력입니다.

누진통漏盡通: 모든 번뇌가 완전히 끊어진 상태로, 비로소 부처의 경지에 이른 것을 뜻합니다.

성철 스님이 산중에서 '모든 것의 실체를 볼 수 있다'고 말한 것은, 감각이나 이론을 넘어 이러한 궁극의 깨달음 자리에서 세계를 바라보았다는 뜻일 것입니다. 숲속의 고독은 세상으로부터의 도피가 아니라, 오히려 세상의 참모습을 가장 또렷이 마주하는 자리였던 셈입니다.

2장

인생의 아름다움

남을 위해
삼천 배
절하십시오

연꽃은 진흙 속에서 살면서도 진흙에 더럽혀지지 않듯이,

보살은 세속에 살면서도 세속의 일에 때 묻지 않는다.

사방에서 흐르는 여러 강물도 바다에 들어가면 모두 짠맛이 되듯이,

여러 선행도 중생의 깨달음에 회향하면 해탈의 한맛이 된다.

《보적경》

요즘처럼 개인주의를 넘어 이기주의가 만연한 시대에, 남을 위해 절을 한다는 일은 결코 쉽지 않습니다.

사회는 점점 개인의 실리와 성취를 앞세우고, 공동체의 동질감은 서서히 무너지고 있습니다. 이제는 내가 성공하지 않으면 남이 성공하고, 그로 인해 내가 불이익을 당할 수 있다는 불안이 사회 전반을 지배합니다. 이미 우리는 약육강식의 논리 속에서 서로를 경쟁자로 바라보도록 길들여지고 있는지도 모릅니다.

이처럼 인정이 각박해진 사회에서, 최근 한 신문이 전한 소식은 마음을 따뜻하게 합니다. 구세군 자선냄비에서 1,000만 원짜리 수표가 발견되었고, 올해는 구세군 역사상 가장 많은 성금이 모였다는 소식이었습니다. 흔히 사회가 어려울수록 이웃을 향한 나눔이 늘어난다고 하는데, 올겨울과 내년 초를 힘겹게 보내야 할 이들에게 작은 위로가 되었으면 합니다.

남을 위해 삼천 배 절을 하라는 성철 스님의 말이 떠오르자, 자연스레 마더 테레사 수녀의 삶이 겹쳐집니다. 평생을 남을 위해 바친 테레사 수녀는, 사후에도 불치병 환자를 치유한 기적으로 성인에 이르는 전 단계인 복자福者로 선포되었다고 전해집니다.

마더 테레사(본명 아녜스 곤자 보야지우, 1910~1997)는 유고슬라비아에서 태어나, 1929년 아일랜드 로레토 수도회 소속으로 인도 성마리아여학교에 부임했습니다. 17년간 교직에 봉사한 뒤, 1948년 수도회를 나와 본격적으로 빈민 구제 활동에 나섰습니다.

1952년 ‘죽어가는 사람들의 집(칼리가트)’을 세운 것을 시작으로, ‘버려진 아이들의 집(시슈 브하반)’, ‘나환자들의 집(샨티 나가르)’, ‘장애인과 노인을 위한 집(프렘단)’, ‘비행 소년소녀를 위한 집(샨티 단)’ 등을 차례로 열었습니다. 그는 가난한 이들, 의지할 곳 없이 죽어가는 이들, 한센병 환자들 곁에서 그들의 고통을 함께하며 평생을 청빈하게 살았습니다. 테레사 수녀는 말했습니다.

여기저기 기워 입은 옷 세 벌과 낡은 신발, 십자가와 묵주가 그의 전부였습니다. 1964년 교황 바오로 6세가 방문하며 남긴 고급 승용차 ‘링컨 컨티넨틀’마저 팔아, 나환자 치료센터를 짓는 데 사용했습니다.

여름에는 시멘트 바닥에서 지냈고, 겨울에는 얇은 천 한 장을 깔고 그 위에서 환자들을 돌보았습니다. 누군가 편안한 삶이 부럽지 않느냐고 묻자, 그는 이렇게 답했습니다.

그를 만난 이들이 한결같이 ‘거친 손과 터진 발, 주름투성이의 자그마한 할머니’로 기억하는 것도 우연이 아닙니다. 죽어가는 사람을 돌보는 일이 무슨 의미가 있느냐는 질문에, 그는 이렇게 말했습니다.

> 그 사람이 버려진 존재가 아니라, 사랑받고 있다는 사실을 단 몇 시간이라도 알게 하기 위해서입니다.

테레사 수녀는 자신이 세상을 떠난 뒤에도 기금이나 동상, 자신의 이름으로 상을 만들지 말아 달라고 당부했습니다. 캘커타 시민들이 돈을 모아 동상을 세우려던 계획 또한 그 뜻에 따라 거두어졌습니다. 그의 말은 오늘의 우리에게도 깊은 울림을 줍니다.

> 나는 한 번에 한 사람만 껴안을 수 있습니다. 우리의 모든 노력은 바다에 붓는 물 한 방울과 같지만, 붓지 않는다면 바다는 그만큼 줄어들 것입니다. 당신과 당신의 가족, 당신이 속한 공동체도 마찬가지입니다. 중요한 것은 시작하는 일입니다. 한 번에 한 사람씩.

마더 테레사 수녀는 법정 스님 못지않게 무소유의 삶을 온몸으로 실천한 사람이었습니다. 우리 사회에는 이처럼 무소유를 살아낸 사람들이 많습니다. 다만 그들이 '무소유'라는 말을 쓰지 않았을 뿐입니다. 무소유라는 말이 자주 회자되는 것은, 그만큼 우리가 물질만능주의에 깊이 물들어 있다는 반증일지도 모릅니다. 성철 스님, 테레사 수녀, 조주 스님과 같은 이들의 삶을 함께 배우고 되새겨야 할 이유가 여기에 있습니다.

모든 생명을
부처님으로 존경합시다

사랑하는 대상은 설사 천한 사람이라 할지라도 모두 평등하다.

사랑에는 차별이 없기 때문이다.

《본생경》

오늘날 환경오염이 심화되면서, 지구를 살리기 위한 다양한 논의가 이어지고 있습니다. 오존층 파괴, 지구 온난화, 해수면 상승과 같은 경고는 이제 더 이상 낯선 이야기가 아닙니다. '환경재앙'을 우려하는 목소리는 학자나 활동가의 경고를 넘어, 일상의 대화 속에서도 점점 더 자주 등장하고 있습니다. 인류가 자연 앞에서 얼마나 위태로운 위치에 서 있는지를, 우리는 체감하며 살아가고 있습니다.

이와 함께 산업혁명 이후 폭주해 온 자본주의 문명에 대한 반성도 자연스럽게 일어납니다. 산업혁명은 인류에게 막대한 물질적 혜택을 안겨 주었습니다. 생산성과 효율성은 비약적으로 높아졌고, 우리는 이전과는 비교할 수 없을 만큼 많은 물질을 생산하고 소비하게 되었습니다. 인간의 삶은 눈에 띄게 편리해졌고, 생존의 조건 또한 과거보다 훨씬 안정된 것처럼 보였습니다.

텔레비전과 우주선, 인터넷과 같은 과학 기술은 우리의 삶을 획기적으로 바꾸어 놓았습니다. 인간의 행동반경과 사고력, 상상력은 한계를 모를 만큼 확장되었고, 지구 반대편에서 벌어지는 전쟁과 화성의 표면을 우리는 안방에서 생생히 지켜봅니다. 정보와 이미지, 자극은 쉼 없이 쏟아지며 세계는 점점 더 가까워졌습니다.

그러나 이 눈부신 성취의 이면에는 어두운 그림자가 드리워져 있습니다. 물질을 최고의 가치로 여기는 풍토 속에서, 인간의 존엄성은 점점 설 자리를 잃어 가고 있습니다. 삶의 목적은 인간다운 성숙이나 내적 충만이 아니라, 더 많이 소유하고 더 빨리 소비하는 데로 옮겨졌습니다. 인간은 스스로를 목적이 아닌 수단으로 전락시키며, 경쟁과 효율의 논리에 갇혀 버렸습니다.

이러한 풍토 속에서 함께 황폐해진 것은 자연의 생태계입니다. 인간은 자연을 삶의 터전이자 귀의처로 여기기보다, 무한히 소비해도 되는 자원으로 취급해 왔습니다. 자연은 정복의 대상이 되었고, 개발과 성장은 언제나 보호와 공존보다 우선시되었습니다. 인간만이 최고라는 오만한 생각 속에서, 다른 생명들의 존엄성은 철저히 무시되었습니다.

그 결과 수많은 생물이 멸종의 위기에 놓였고, 한때 풍요를 제공하던 자연은 이제 오염 물질로 인간의 생명을 위협하고 있습니다. 인간이 자연을 해친 결과는 다시 인간에게 되돌아오고 있는 셈입니다. 사태가 이 지경에 이르자, 인간의 생명만이 아니라 생명 있는 모든 존재를 존중해야 한다는 인식이 널리 확산되고 있습니다. 이는 단순한 윤리적 주장이나 이상론에 그치지 않고, 인류의 생존과 직결된 절박한 문제입니다.

이처럼 중요한 생명 존중 사상은 이미 오래전부터 불교 사상 속에 깊이 자리하고 있었습니다. 불교에서 살생은 그 어떤 대상이든 무거운 죄로 여겨집니다. 하찮아 보이는 미물일지라도 함부로 죽이지 말라는 가르침은, 생명 그 자체를 존귀하게 바라보는 눈에서 비롯됩니다. 크고 작음, 유용함과 무용함을 가르는 인간의 기준을 넘어, 존재 그 자체를 존중하라는 요청입니다.

인간뿐 아니라 모든 생명을 부처님처럼 공경할 때, 비로소 진정한 극락이 이 땅에 깃들지 않을까요. 극락은 먼 내세의 세계가 아니라, 지금 이 자리에서 생명을 대하는 태도 속에서 시작될지도 모릅니다. 그날이 오면 산새와 들짐승, 죄인과 악인으로 나뉘던 생명들마저 차별 없이 하나 되어 노래할 수 있을 것입니다.

생명 그 자체를 찬양하는 세상, 인간이 자연의 주인이 아니라 그 일부임을 겸허히 받아들이는 세상. 그것이 우리가 향해야 할 인생의 아름다움이며, 문명이 다시 돌아가야 할 본래의 자리일 것입니다.

밥을 '먹는'
사람이 되십시오

밥을 먹을 때 잘못 잡으면 손바닥을 상하듯이

수행자의 행실이 그릇되면 지옥으로 끌려 들어간다.

화살을 바르게 잡으면 손바닥을 상하지 않듯이

수행자의 행실이 바르면 열반이 가까이 있다.

《십이시법어》

밥만큼 삶에서 소중한 것이 또 있을까요. 밥을 먹지 않고 살아간다는 것은 불가능하기에, 무슨 일을 하든 먼저 밥을 먹어야 합니다. "금강산도 식후경"이라는 말이 괜히 생긴 것은 아닐 것입니다.

인간 삶의 근본은 밥에서 비롯된다고 해도 지나치지 않습니다.

그런데 요즘의 세상은 금강산을 보기 위해 밥을 먹는 것이 아니라, 밥을 먹는 것 자체가 목적이 되어 버린 듯합니다. 밥은 본래 모든 일을 이루기 위한 준비였고 수단이었는데, 어느새 목적의 자리를 차지해 버렸습니다. 사람들은 배를 두드리며 하품을 하고, 더 이상 삶의 목적을 묻지 않습니다. 우리는 밥을 먹고 있는 것일까요, 아니면 밥에 먹히고 있는 것일까요.

인간에게는 저마다 삶의 숭고한 목적이 있습니다. 그 목적을 이루기 위해 밥을 먹는 것이지, 밥을 먹기 위해 사는 것은 아닐 것입니다. 그런데 어느 순간부터 밥이 사람 위에 놓이게 되었습니다. 누가 그렇게 하자고 합의한 것도 아닌데, 사회 구조가 바뀌면서 사람들은 자신도 모르는 사이 밥을 우선시하게 되었습니다.

밥도 여러 가지입니다. 몇 천 원짜리 우동이 있는가 하면, 수십만 원을 호가하는 밥도 있습니다. 사람들은 보기 좋고, 향기롭고, 맛있는 밥을 원하고, 그러기 위해 더 많은 돈을 벌고자 합니다. 모두가 우동만 먹고 산다면 굳이 많은 돈을 가질 이유가 있을까요. 혀의 즐거움을 조금 더 좇다 보면, 어느새 삶 전체가 돈을 향해 기울게 됩니다.

그 순간, 사람은 밥을 먹는 존재가 아니라 밥에 먹히는 존재가 됩니다. 더 좋은 밥을 얻기 위한 부의 축적이 삶의 목적이 되면, 인생은 하찮아지고 맙니다. 사람의 존엄보다 기름지고 자극적인 음식이 더 중요한 가치가 되는 것입니다.

그렇다면 진정으로 밥에 먹히지 않고 밥을 먹는 사람은 누구일까요. 밥 때문에 '금강산 구경'을 잊지 않는 사람, 바로 그런 사람이 성철 스님이 바랐던 인간상이었을 것입니다.

성철 스님이 밥에 먹히지 않았다는 사실은, 평생을 무소유로 살아온 그의 삶이 증명합니다. 스님은 자신에게 나일론 양말이나 새 옷을 입을 자격이 없다고 말하곤 했습니다. 어느 날 기업체 사장 내외가 찾아와 선물을 묻자, 스님은 아무것도 필요 없으니 돌아가 직원들에게 따뜻한 외투를 선물하라고 했습니다. 물질에 대한 집착을 완전히 내려놓은 스님은 식사 또한 소식으로 일관했습니다. 하루 두 끼를 드셨지만, 양을 늘리는 일은 끝내 허락하지 않았습니다.

법정 스님 또한 평생 소박한 삶으로 일관했습니다. 남긴 것이라곤 꼭 필요한 물건들뿐이었고, 여분의 옷이나 가구도 없었습니다. 빈 몸으로 살다 빈 몸으로 떠난 모습, 떠난 자리마저 아름다운 삶이 바로 무소유의 참모습일 것입니다.

문득 현진건의 소설 『술 권하는 사회』가 떠오릅니다. 이 작품은 일제강점기 지식인의 절망과 고뇌를 그리고 있습니다. 술에 취해 돌아오는 남편을 탓하자, 그는 "술을 권하는 것은 사람이 아니라 사회"라고 말합니다.

이 소설을 떠올리면, 오늘의 사회는 이미 '밥 권하는 사회'가 아닌가 하는 생각이 듭니다. 그래서 이렇게 많은 사람들이 밥에 먹히는 삶을 살게 된 것은 아닐까요.

정신을
쉬도록 하십시오

진실로 아무것도 갖지 않은 사람은 행복하다.

지혜로운 사람은 아무것도 자기 것이라 여기지 않는다.

보라, 많이 가진 이들이 얼마나 많은 속박 속에서

괴로워하고 있는지를.

《우다나·이티붓타카》

살다 보면 우리의 머리는 온갖 잡념으로 가득 찹니다. 중요하지도 않고, 생각해 보아도 어찌할 수 없는 일들까지 마음속에 쌓아 둡니다. 누군가 나를 무시하는 건 아닐까, 혹시 무슨 불행한 일이 닥치지는 않을까 하는 생각들이 머리를 떠나지 않습니다.

과학이 발달하면서, 수십 년 뒤 지구와 소행성이 충돌할 수 있다는 예측까지 우리를 불안하게 합니다. 그러나 인간의 힘으로 어찌할 수 없는 일들이 분명히 존재합니다. 그렇기에 머리를 투명하게 비워 두는 시간도 반드시 필요합니다.

'스트레스'라는 말이 괜히 생겨난 것이 아닐 것입니다. 현대 사회는 우리의 정신을 끊임없이 지치게 만드는 거대한 스트레스 공장과도 같습니다.

이 사회는 단 하루, 아니 단 몇 시간, 단 몇 분조차도 머리를 쉬게 할 틈을 주지 않습니다. 그렇게 쌓인 잡념은 언젠가 폭발하고 맙니다. 최근 흔히 말하는 '만성피로증' 또한 이런 시대가 낳은 병일 것입니다. 생명을 위협하지는 않지만, 삶의 의욕을 서서히 잠식하는 병입니다.

아마 문명화 이전의 사회에는 이런 병이 없었을 것입니다. 남태평양 사모아 제도의 사람들은 문명 세계의 백인을 '빠빠라기'라고 부르며, 그 삶의 방식을 경계한다고 합니다. 개인주의와 물질 숭배가 인간의 삶을 어떻게 황폐하게 만드는지, 그들은 이미 알고 있었기 때문입니다. 그들은 오랜 전통 속에서 자연과 함께 사는 방식을 고수합니다. 그곳에는 '스트레스'라는 말도, '만성피로증'이라는 병도 없을 것입니다.

여기서 잠시 동양 지혜의 보고인 장자를 떠올려 봅니다. 장자는 마음을 다스리는 방법으로 '심재心齋', 곧 마음의 재계를 말합니다.

안회가 묻자, 중니는 이렇게 답합니다.

귀로 듣지 말고 마음으로 들어라. 마음으로도 듣지 말고 기로 들어라. 기는 공허하여 일체를 받아들인다. 도는 이 공허에 모인다.

장자가 말한 '마음의 재계'란, 마음을 공허하게 두어 집착과 잡념으로부터 쉬게 하는 상태일 것입니다. 마음을 쉬게 할 때, 비로소 도가 깃든다는 뜻입니다.

자나 깨나 머리를 떠나지 않는 걱정과 집착, 쓸모없는 잡념을 내려놓아야 합니다. 그것이야말로 마음과 정신을 건강하게 지키는 길이며, 밥에 먹히지 않고 삶을 살아가는 첫걸음일 것입니다.

부처님 말씀은
마음의 병을
고치는 약입니다

선지식은 지혜로운 의사와 같다.

병과 약을 알고 증상에 따라 그 약을 주어

우리의 마음병을 낫게 하기 때문이다.

선지식은 뱃사공과 같다.

이 생사의 바다에서 우리를 저 언덕으로 건너 주기 때문이다.

《열반경》

성철 스님은 주변 사람들에게 책을 일절 보지 말라고 했다고 합니다. 책을 통해 얻은 지식은 수행의 길에서 아무 소용이 없다는 뜻이었습니다. 진정한 수행을 하려면 온갖 지식과 상식조차 내려놓아야 한다는 것이 성철 스님의 견해였던 듯합니다.

화두를 붙들고 참선參禪을 중시하는 선종禪宗 계통의 고승이었던 성철 스님이니, 그런 말씀도 어쩐지 자연스레 이해가 됩니다.

그런데 흥미로운 점은, 그와 달리 성철 스님이 실제로는 참으로 많은 책을 읽었다는 사실입니다. 스님은 수천 권의 장서를 보관하는 곳을 '장경각藏經閣'이라 부르며, 어느 책 한 권도 소홀히 다루지 않았다고 합니다.

또 스님은 현실에도 깊은 관심을 가졌다고 전해집니다. 『타임』지와 세계적인 시사 화보집 『라이프』까지 구해 읽었고, 불교를 제대로 배우기 위해서는 범어梵語가 필요하며 범어를 공부하려면 영어가 필수라며 영어의 중요성도 강조했다고 합니다.

이처럼 불교를 포함해 다양한 분야를 아우르는 방대한 독서의 폭과 깊이는, 이른바 '백일법문百日法門'에서 뚜렷이 드러납니다. 성철 스님은 1967년 해인총림 방장에 취임한 뒤, 그해 겨울 동안거를 맞아 백일에 걸쳐 대법문을 펼치며 사자후를 토해냈습니다.

기독교는 성경, 이슬람교는 코란, 유교는 사서삼경이라면 그 사상의 핵심을 비교적 일목요연하게 짚을 수 있습니다. 그러나 불교는 사정이 다릅니다. 불교의 사상은 팔만대장경이라는 방대한 경전 곳곳에 흩어져 있어, 보통 사람으로서는 전체를 이해하기가 쉽지 않습니다.

성철 스님은 원시경전에서 아함경, 삼종론, 천태종, 화엄종, 유식과 중관, 그리고 선승의 어록인 선어록까지 두루 섭렵했다고 합니다. 여기에 노자와 장자, 공자와 맹자를 비롯한 동양 사상은 물론, 서양의 물리학과 수학에까지 독서의 영역을 넓혔습니다.

이처럼 넓고 깊은 독서를 통하여, 스님은 불교의 핵심을 간명하게 꿰어 설명했습니다. 그 가운데 백일법문에서 설한 '윤회輪廻'에 관한 이야기를 소개해 보고자 합니다. 이는 우리의 무지라는 병을 고치는 한 가지 약이 될 수도 있을 것입니다.

불교 교리 가운데 무엇보다 중요한 것이 윤회입니다. 우주의 물리적 순환도 윤회요, 육도를 유전하며 받는 생生도 윤회이며, 생사의 변이 또한 윤회입니다.

자연의 변화―춘하추동 사계절의 순환, 과거·현재·미래 삼세의 유전, 어김없이 교대하는 낮과 밤―이 모두가 시간의 윤회이고, 동서남북의 방위가 끊임없이 바뀌는 것 또한 공간의 윤회입니다.

바람과 구름이 엉켜 비가 되고, 빗물은 다시 태양에 의해 증발하여 수증기가 되었다가 구름이 되고, 다시 비가 되어 순환하는 것 역시 자연의 윤회 현상입니다. 자동차를 움직이기 위해 필요한 연료가 열에너지로 바뀌고, 그것이 이산화탄소로 변해 공기 중에 흩어졌다가 다시 또 다른 형태로 순환하는 과정 또한 윤회의 한 모습이라 할 수 있습니다. 우리가 먹는 채소가 소화되어 배설되고, 배설

물이 분뇨가 되어 다시 채소의 거름이 되는 일도 마찬가지입니다.

그러나 불교에서 말하고자 하는 윤회는, 무엇보다 '육도윤회'입니다. 육도윤회六道輪廻는 중생이 태어나서 살다가 죽고 나면 생전의 행보에 따라 지옥도, 아귀도, 축생도, 인간도, 수라도, 천상도로 나뉘는 육도에서 다시 태어난다는 것을 말합니다. 불법에 따르면 중생의 삶은 시시각각 윤회 중에 있으며, 그 변화에는 빠르고 늦음의 차이만 있을 뿐이라고 합니다. 늦은 변화를 '생멸生滅' 혹은 '변이變異'라 하고, 빠른 변화를 '윤회輪廻'라고 부르는 것입니다.

육도윤회의 깊은 이치는 우매한 중생이 쉽게 믿지 못하기에, 옛 사람은 "경전이 아니고는 이 사실을 알 수 없고, 부처님이 아니면 이 말을 할 수 없다"고 한탄하기도 했습니다.

윤회는 결코 단순한 신앙 체계나 관념이 아니며, 죽음에 대한 심리적 위안만도 아닙니다. 윤회는 전생과 내생을 해석하는 정밀하고 정확한 '과학'이라고 스님은 말합니다. 그러므로 윤회를 분명히 이해함으로써 윤회가 존재함을 믿어야 한다는 것입니다.

운명은
결정된 것이
아닙니다

지나간 과거에 매달리지도 말고
아직 오지도 않은 미래를 기다리지도 말라.
오직 현재의 한 생각만을 굳게 지켜라.
오늘 할 일을 내일로 미루지 말라.
진실하고 굳세게 살아가는 것,
그것이 하루하루를 살아가는 최선의 길이다.

《법구경》

연말이나 새해 벽두가 되면, 유독 우리 사회에서는 점집을 찾고 점치는 책을 구입하는 일이 늘어납니다. 누구나 자신의 미래가 궁금하기 마련이니, 미래를 마치 수학공식처럼 설명해 주는 운명론에 귀가 솔깃해지는 것입니다.

특히 경제가 어려울수록 사람들은 더 쉽게 운명론에 매달립니다. '내 운명은 이미 정해진 것일까?' 걱정 반, 기대 반의 마음으로 점괘를 들여다봅니다. 우리나라는 세계적으로 점술 의존도가 높은 나라로 알려져 있고, 예전에는 대기업에서 사람을 뽑을 때 관상을 보았다는 이야기도 있습니다. 면접에서 관상으로 당락을 결정했다니, 운명을 얼마나 신봉해 왔는지를 짐작할 만합니다.

아마 많은 사람들은 한 번쯤 어릴 적 손금을 보며 "오래 살겠다.", "돈을 많이 벌겠다.", "유명해지겠다."와 같은 말을 들어 보았을 것입니다. 대개는 듣기 좋은 이야기가 많아, 기분이 좋아지는 동시에 희망을 다시 확인하게 되기도 합니다.

그런데 화성에 탐사선을 보내고, 복제 인간까지 논하는 시대에 사람들은 왜 점 같은 운명론에 집착하는 것일까요. 과학이 발달할수록, 역설적으로 인간의 운명론이 더 강해지는 것일까요.

몇몇 과학자들은 유전자를 통해 인간의 습성이나 취향이 후손에게 전달된다고 주장합니다. 그러나 대체로 인간의 삶은 '선택'에 의해 만들어진다고 알려져 있습니다. 인간에게는 미리 주어진 단 하나의 공식이나 법칙이 없기에, 스스로 자신의 삶을 개척해 나가야 합니다.

　문제는 사회 구조가 한 인간의 삶에 굴레를 씌운다는 데 있을 것입니다. 가난한 집안의 자녀가 가난을 물려받고, 배움의 기회가 적은 사람이 사회적으로 높은 자리에 오르기 어려운 제도는, 사람을 운명론에 젖게 하는 큰 원인입니다.

　우리나라의 경우는 더욱 그러합니다. 어느 고등학교와 어느 대학교를 나왔느냐가 평생을 좌우하는 일이 적지 않습니다. 학벌이 운명을 결정한다고 해도 과언이 아닌 현실 속에서, 사람들은 점점 수동적이고 관망적으로 변해 갑니다. 사회가 불안하고, 사회가 폐쇄적일수록 그 경향은 더욱 강해집니다.

　그래서 성철 스님은 거듭 강조합니다. 운명은 정해진 것이 아니라, 스스로 개척해야 한다고 말입니다.

　'운명'은 우리가 주먹을 불끈 쥐고 무엇을 하느냐, 하지 않느냐에 따라 달라질 것입니다.

　그러니 이제 점을 보기보다, 주먹을 단단히 쥐고 스스로에게 시간을 정해 보십시오. 그 시간 안에 반드시 무엇을 이루겠다는 결심을 세워 보십시오. 성철 스님은 바로 그 결심과 실천이 운명을 바꾼다고, 이미 오래전에 우리에게 말해 주고 있지 않습니까.

원수를
사랑하는 것이
진정한 불공입니다

대자大慈란 모든 중생들에게 사랑을 주는 일이고

대비大悲란 모든 중생들의 고통을 함께하는 일이다.

《대지도론》

본래 '자비慈悲'란 불쌍히 여긴다는 뜻의 자慈와, 함께 슬퍼한다는 뜻의 비悲가 합쳐진 말입니다. '자'에는 모든 생명체를 사랑하여 애지중지하고 기쁨을 준다는 뜻이 담겨 있으며, '비'에는 모든 생명체의 고통을 불쌍히 여겨 그 괴로움을 뿌리 뽑아 주려는 뜻이 들어 있습니다.

『대종경』의「불지품」2장에는 이런 말씀이 전해집니다.

부처님의 대자대비는 태양보다 따뜻하고 밝은 힘을 지녀, 그 자비가 미치는 곳에서는 중생의 어리석은 마음이 녹아 지혜로운 마음으로 바뀌고, 잔인한 마음이 녹아 자비로운 마음이 되며, 인색하고 탐내는 마음이 녹아 베푸는 마음으로 변한다는 내용입니다.

사상과 견해의 차별심마저 녹아 원만한 마음으로 바뀌니, 그 위력과 광명은 무엇으로도 비유하기 어렵다고 했습니다.

세계의 많은 종교는 자비, 사랑, 용서의 중요성을 강조합니다. 물론 표현과 강조점에는 차이가 있겠지만, 그 밑바탕에는 인류애가 깔려 있을 것입니다. 신을 믿는 사람들은 이웃과 인류에 대한 사랑을 곧 신에 대한 사랑의 표현으로 여깁니다. 그러나 신을 사랑한다고 말하면서도 정작 형제를 진실로 사랑하지 않는다면, 그것은 신의 가르침을 따르는 일이 아닐 것입니다.

많은 종교가 '용서'를 강조하는데, 사랑과 자비야말로 참된 용서가 흘러나오는 근원일 것입니다. 사랑과 자비가 없다면 용서하고자 하는 마음 자체가 일어나기 어렵기 때문입니다.

세계적인 참여 불교 운동가인 틱낫한은 자비에 관해 이렇게 말합니다.

사랑과 자비는 모든 인간이 지닌 자질이며, 불교에서 사랑이란 다른 중생이 행복하도록 돕고 싶은 마음이고, 자비는 다른 중생이 고통에서 벗어나기를 바라는 마음이라는 것입니다.

그런데 "이 사람들은 내 친구니까 고통에서 벗어나길 바라!" 하는 마음은 이기적인 태도이지 참된 자비가 아니라고 합니다.

진정한 자비는 적에게도 미친다는 것입니다. 왜냐하면 자비는 '고통 받는 중생'을 볼 때 솟아나는 마음이며, 그 중생에는 나의 적 또한 포함되기 때문입니다. 나를 해친 사람이 고통 받는 모습을 볼 때에도 자비가 일어날 수 있어야 한다는 뜻입니다.

또 사랑과 자비는 가까움과 친밀함을 수반하는 듯 보이지만, 본질적으로 애착이나 집착이 아니라고 강조합니다. 상대가 아름답지 않게 보이거나 마음에 들지 않아도 사랑할 수 있어야 하며, 참된 사랑과 자비가 있다면 상대의 겉모습이나 행동이 우리의 태도를 좌우하지 못한다는 것입니다.

틱낫한은 자비를 세 가지로 설명합니다.

첫째, 고통 받는 중생을 보면 그 고통이 사라지기를 바라는 자생적 소망.

둘째, 단지 바라기만 하는 데서 멈추지 않고 책임감을 느끼며, 열악한 환경에서 중생을 구해 내기 위해 끝까지 애쓰는 자비.

셋째, 모든 존재가 서로 의존하고 있음에도 자신을 독립적 존재로 착각하는 데서 생기는 혼란과 고통을 꿰뚫어 보고, 그 깨달음에서 나오는 가장 높은 자비.

이러한 설명은 자비가 감정의 온정이 아니라, 세계를 보는 눈의 변화임을 일깨워 줍니다.
성철 스님 또한 우리에게 선과 악의 헛된 분별을 내려놓으라고 거듭 말씀하십니다.

선과 악은 헛된 분별이어서 악마와 부처가 이름은 달라도 몸은 한몸입니다. 그러하니 악인을 보면 부처님으로 존경하여야지, 용서를 베푼다면 악인의 참모습을 모르는 것입니다. 악인은 때 묻은 옷을 입은 사람, 부처님은 깨끗한 옷을 입은 사람과 같습니다. 때 묻은 옷을 입었다고 사람을 차별대우하면 이는 옷만 보고 사람을 보지 못한 것입니다. 그러므로 '사탄이여 물러가라'고 외치지 말고 '사탄이여, 거룩합니다. 나는 당신을 존경합니다.'라고 정성을 다하여 섬기십시오. 그러면 이 세상에서 사탄은 찾아볼 수가 없게 되고, 오직 부처와 부처만이 서로 손을 잡고 살게 될 것입니다.

원수를 사랑하는 일이야말로 가장 어려운 불공佛供일 것입니다. 그러나 그 어려운 불공이 가능해지는 순간, 우리는 선악의 굴레를 넘어 '모든 존재를 부처로 보는 눈'에 한 걸음 다가서게 될 것입니다.

나를
바로 봅시다

우리 마음은 갖가지 번뇌 망상으로 물들어 있어

마치 파도치는 물결과 같다.

물결이 출렁일 때는 우리 얼굴도 왜곡되어 제대로 보이지 않는다.

그러나 물결이 조용해지면 모든 것이 제 모습을 드러낸다.

연못이 바람 한 점 없이 고요하고 맑으면

물 밑까지 훤히 보이는 것처럼.

《화엄경》

현대인은 흔히 스스로를 '자기 삶의 주인'이라고 말합니다. 누군가의 종이라는 생각 자체를 받아들이기 어렵습니다. 계몽 사상가들은 중세를 암흑기라 부르며, 신으로부터 인간을 해방시키고 스스로 당당히 사유하는 인간을 탄생시켰다고 말합니다.

그 어떤 것에도 예속되지 않는 단독자, 인간은 자기 운명의 주인이자 사유의 주체가 된 듯 보였습니다. 그러나 역설적으로, 현대인은 끝 간 데 없는 고독의 병에 시달리게 되었습니다.

사람과 사람 사이의 소통이 끊기며, 우리는 마치 무인도에 고립된 듯한 고립감과 소외감을 경험합니다. 위대한 단독자로서의 인간이 탄생한 지 오래되지 않았는데, 인간은 이미 온갖 마음의 병에 흔들리고 있습니다. 고독은 그 자체로 오래전부터 하나의 병이었습니다.

인간이 고독을 피할 수 없는 운명을 타고난 존재라면, 어니스트 헤밍웨이의 『노인과 바다』는 그 절대적 고독과 온몸으로 맞서는 인간 영혼의 불굴을 그린 작품이라 할 수 있습니다. 1952년에 발표되어 헤밍웨이에게 노벨문학상을 안겨 준 이 소설에는 한 늙은 어부가 등장합니다.

쿠바의 한 어촌에 사는 그는 무려 84일 동안 고기 한 마리 잡지 못한 채 허망한 시간을 보냅니다. 그러다 85일째 되는 날, 망망대해에서 마알린이라는 거대한 청새치를 낚습니다.

노인은 낚싯줄 하나에 의지한 채, 청새치가 끌고 가는 대로 바다

한가운데로 끌려가면서 자기 자신과 끊임없이 대화합니다. 물고기는 끈질기게 낚싯줄을 문 채 고깃배를 몰고 가고, 노인은 낚싯줄을 온몸으로 붙든 채 밤하늘의 별자리와 흐름을 보며 자신이 어디로 향하고 있는지 가늠합니다.

어느 순간 노인과 청새치는 일심동체가 된 듯, 노인은 청새치의 속마음까지 꿰뚫는 경지에 이릅니다. 그것은 마치 노인 안의 또 다른 자아와 벌이는 숨 막히는 싸움처럼 보이기도 합니다. 청새치와 함께 끝없이 흘러가는 바다 위의 노인은, 우주 속 고독한 한 인간의 모습을 상징적으로 드러냅니다.

이 소설에서 중요한 것은, 노인이 마침내 잡은 청새치 마알린이 상어에게 뼈만 남고 모두 뜯겨 나간 허망한 결말이 아닙니다. 망망한 바다 위를 떠도는 별들과, 그 속에서 홀로 자신과 사투를 벌이는 노인의 실존적 상황이야말로 이 이야기의 핵심입니다.

그곳에는 신도, 대화할 다른 인간도 없었습니다. 사투를 벌이는 마알린과 밤하늘의 별들, 스쳐 가는 한 마리 새, 도도히 흐르는 해류, 그것이 전부였습니다. 그러나 어느덧 그 모든 것이 노인의 일부가 되어 버립니다. 더는 떼어낼 수 없는 생명, 노인의 존재와 함께 숨 쉬는 세계가 됩니다.

『노인과 바다』는 신이 사라진 세계에서 진정한 자신을 찾아 나서는 한 인간의 고독한 사투를 그립니다. 노인은 결과적으로 마알린을 상어에게 빼앗기지만, 그 과정에서 실존의 자기 자신과 정면으로 마주합니다. 밤하늘의 별과 한 마리 새, 숨소리 없이 흐르는 바닷물, 뼈다귀로 남은 마알린, 이 모든 것은 결국 노인을 이루는 생명들이었습니다. 노인과 결코 떨어질 수 없는, 결국 노인 자신과 다름 아닌 존재였던 것입니다.

3장

색즉시공의 진리

모든 것이
불교입니다

어떤 한 가지 견해나 입장에 근거하여 '다른 것은 모두 별 가치가 없는 것들'이라고 본다면 이는 진리의 길을 가는 데 가장 장애가 된다. 그러니 보고 듣고 배우고 사색한 것에 너무 사로잡혀서는 안 된다.

지혜에 관해서도 도덕에 관해서도 편견을 가져서는 절대로 안 된다.

'나는 남과 동등하다. 나는 남보다 못하다. 나는 남보다 뛰어나다.'

이런 생각조차 하지 말아야 한다.

《숫타니파타》

미국의 정치학자 새뮤얼 헌팅턴은 "21세기는 과거 동서 간 이데 올로기의 격돌이 사라지면서, 기독교와 이슬람권 문명의 충돌이 심화될 것"이라고 예측한 바 있습니다. 그리고 최근 이스라엘과 하 마스 전쟁으로 많은 수많은 사람이 죽고 건물이 파괴되었습니다. 또한 인도네시아, 이집트, 나이지리아 등 여러 지역에서 벌어지는 기독교와 이슬람 간의 유혈 충돌은, 그 예측이 현실로 다가오고 있 음을 보여 주는 듯합니다.

기독교와 이슬람교는 교리의 차이가 큰 데다, 이슬람교의 성장 속도가 기독교를 앞지르면서 포교 과정에서 갈등이 깊어져 왔습니 다. 세계 곳곳에서 양측의 대결이 빚어질 가능성은 여전히 상존합 니다.

한편 『잡아함경』 제46권 「전투경戰鬪經」을 보면, 부처님 당시에 도 전쟁이 있었음을 알 수 있습니다. 그러나 중요한 것은, 어떤 경 우에도 부처님은 싸움을 용인하지 않았다는 사실입니다.

모든 싸움은 '정의'를 내세우지만, 실은 이기심과 증오에서 비롯 된다고 가르치셨습니다.

불교의 연기법은 상생과 조화의 이치를 말합니다. 부처님은 서 로 싸우는 종족들에게 이렇게 말씀하셨습니다.

싸워서 이기면 원수와 적만 더 늘어나고, 패하면 괴로워서 누워도 편치 않다. 이기고 지는 것을 다 버리면 잘 때나 깨어 있을 때나 편안 하리라.

세계 곳곳에서 벌어지는 종교 분쟁을 바라볼수록, 성철 스님의 말씀이 더욱 가슴 깊이 들어옵니다. 기독교와 이슬람교, 그리고 불교가 저마다 자기 논리만을 주장하며 다른 종교의 세계관을 죄악시하는 일은 바람직하지 않습니다. 가령 "예수 믿고 천국 가세요."라는 말이, "예수 말고 다른 종교를 믿으면 지옥 간다."는 협박으로 들려서는 곤란한 일입니다.

깊고 넓은 사상과 종교일수록 타 종교에 관대합니다. 반대로 편협한 논리에 기대는 종교일수록 자신의 약점을 감추려 더 적극적으로 다른 종교를 부정하기도 합니다. 다른 종교의 논리를 인정하더라도 조금도 흔들리지 않고, 초조해하지도 않는 종교, 그런 종교야말로 우리가 바라는 '원대한 종교의 바다'라 할 수 있을 것입니다.

드넓은 바다의 해류는 어디에서 흘러와 어디로 흘러가는지 쉽게 알 수 없습니다. 바다 위로 이는 파도와 흰 포말은, 거대한 바다에 비하면 실은 아주 사소한 표정에 지나지 않습니다. 이와 마찬가지로 대양처럼 큰 폭을 지닌 종교는, 다른 시각의 종교를 한 가슴으로 받아들이고 다시 제 길로 흘려보낼 수 있습니다.

이런 종교는 종교 간 견해 차이에서 생기는 갈등마저 넉넉히 덮어 줄 것입니다.

"이기고 지는 것을 다 버리기."

이 정신이야말로 성철 스님과 법정 스님이 몸소 실천한 무소유의 정신과도 통합니다.

'산은 산,
물은 물'입니다

사리자여, 물질적 현상이 그 본질인 공과 다르지 않고色不異空,

공 또한 물질적 현상과 다르지 않으니空不異色,

물질적 현상이 곧 본질인 공이며色卽是空,

공이 곧 물질적 현상이니라空卽是色.

감각작용, 지각작용, 의지적 충동, 식별작용도 다 공이다.

《반야심경》

마음의 눈을 뜨면 자기의 본성, 곧 자성을 보게 되는데 이를 '견성 見性'이라 합니다. 『대승기신론』에는 "보살지가 다하여 미세 망상을 멀리 떠나면 마음의 성품을 볼 수 있으니 이것을 구경각이라 한다"라고 했습니다.

보살이 수행을 거듭해 십지와 등각을 넘어, 가장 미세한 망상인 제8 아뢰야식의 근본 무명까지 완전히 떨쳐 버리면 진여가 드러나는데, 그 자리가 곧 견성입니다.

그렇다면 견성의 모습은 과연 어떤 것일까요.

"산은 산이고 물은 물이다"라는 말이 한 가지 단서가 될 수 있습니다. 성철 스님이 남긴 이 법어는 문헌상으로 황벽의 『완릉록』에 나오는 공안 "산은 산, 물은 물"을 효시로 삼습니다. 선학에서는 송대 임제종 황룡파의 청원유신 선사의 상당법어 "산은 산, 물은 물" 또한 공안으로 활용된 바 있습니다.

'산은 산, 물은 물'의 전개는 흔히 다음과 같은 세 단계로 설명됩니다.

① 산시산 수시수 山是山 水是水
② 산비산 수비수 산시수 수시산 山非山 水非水 山是水 水是山
③ 산시산 수시수 山是山 水是水

먼저 1단계는 세상에 널린 사물과 현상을 낱낱이 분별해 보는 단계입니다. 감각적으로 대상을 받아들이고, 산과 물을 뚜렷이 구별하는 앎입니다.

2단계는 그 분별의 관점을 부정하는 단계입니다. "산은 산이 아니고 물은 물이 아니다"라는 말은, 산과 물이 본래 하나임을 뜻합니다. 그렇다면 논리적으로 산은 물이 될 수도 있고, 물은 산이 될 수도 있습니다. 이 단계는 모든 사물과 현상을 '하나'로 보는 관점이라 할 수 있으며, 그 '하나'가 가리키는 것이 바로 공空입니다.

3단계는 모든 것이 공이라는 관점에서 '산이 물이 되고 물이 산이 되는' 듯한 모순의 상태를 다시 넘어서는 자리입니다. 공을 깨달았다고 해서 현실의 산과 물이 사라지는 것이 아니라, 오히려 산은 산으로, 물은 물로 다시 또렷이 돌아옵니다. 이때의 '산은 산, 물은 물'은 1단계의 분별과는 다른 차원의 긍정이며, 더 깊고 적극적인 인식입니다.

바로 이 견성의 단계에서 '본래의 모습本來面目'을 뜻하는 '본지풍광本地風光'의 세계를 본다고 설명하기도 합니다. (불교연구가 김도공의 견해)

견성은 선종禪宗의 십우도에서는 득우得牛의 장면으로 그려집니다. 소를 찾기는 했으나, 그 소가 처음 마주하는 소이기에 뿌리치고 달아나려 합니다. 그래서 고삐를 꽉 움켜쥐고 도망가지 못하게 붙드는 모습, 그 긴장과 집중 속에서, 마침내 '본래의 자리'가 드러나기 시작하는 것입니다.

생과 사는
하나이지
둘이 아닙니다

늙음과 죽음은 자기가 만든 것도 아니고,
남이 만든 것도 아니며,
자기와 남이 만든 것도 아니다.
그렇다고 해서 원인 없이 만들어진 것도 아니다.
다만 태어남이 있기 때문에
늙음과 죽음이 있을 뿐이다.

《잡아함경》

부처님께서는 도를 깨치신 뒤 처음으로 '상주불멸常住不滅'을 말씀하셨습니다.

상주불멸과 함께 중요한 말이 바로 '불생불멸不生不滅'입니다. 이는 『반야심경』에 나오는 말로, '생겨나지도 않고 없어지지도 않는다'는 뜻입니다. 물질과 느낌, 생각과 의지, 판단, 이 다섯 가지 인연으로 이루어진 모든 존재는, 본래 생겨난 적도 없고 사라진 적도 없다는 가르침입니다.

여기 얼음 한 덩어리가 있다고 합시다. 얼음을 그대로 두면 점차 녹아 물이 됩니다. 이때 우리는 "얼음은 없어지고 물이 생겼다"고 말할 수 있을까요?

또 그 물을 끓이면 김이 되어 수증기로 변합니다.

그렇다면 "물은 없어지고 김이 생겼다"고 말할 수 있을까요?

<얼음 → 물 → 수증기>로 이어지는 이 변화 과정에는 새로 생겨난 것도, 완전히 사라진 것도 없습니다. 다만 하나의 물질이 인연에 따라 형태를 달리했을 뿐입니다. 고체였던 것이 액체로, 다시 기체로 바뀌었을 뿐입니다.

만약 얼음에 '얼음다운 고정된 실체'가 있다면, 얼음은 물이 될 수 없었을 것입니다. 물 또한 고정된 실체라면 수증기로 변할 수 없었을 것입니다. 변화가 가능한 까닭은 그 본질이 텅 비어 있어 일정한 모습에 머물지 않기 때문입니다.

양초의 불도 마찬가지입니다. 불을 붙여 놓으면 양초는 점점 타들어가 마침내 눈앞에서 사라집니다. 그렇다고 양초가 완전히 없어졌다고 말할 수 있을까요? 아닙니다. 양초는 빛과 열, 연기라는 다른 모습으로 공기 중에 존재합니다. 이것을 우리는 '에너지 보존의 법칙'이라 부릅니다. 물질의 형태는 바뀌지만, 그 본질은 사라지지 않습니다.

이런 관점에서 보면, 윤회는 결코 낯선 이야기가 아닙니다. 우리의 삶 또한 태어나고 죽는 것이 아니라, 이 육신에서 저 육신으로 옷을 갈아입듯 변할 뿐입니다. 이 세상 만물 가운데 새로 생겨나는 것도, 완전히 사라지는 것도 없습니다. 다만 모양과 조건이 바뀔 뿐입니다.

『돈오입도요문론』에서는 불생불멸에 대해 이렇게 묻고 답합니다.

"경에 이르기를 '나지도 않고 없어지지도 않는다'고 하니, 어떤 법이 나지 아니하며 어떤 법이 없어지지 아니하는 것입니까?"

"착하지 않음이 나지 않음이요, 착한 법은 없어지지 아니하느니라."

"어떤 것이 착함이며, 어떤 것이 착하지 않음입니까?"

“착하지 않음이란 염루심(분별심)이요, 착한 법이란 염루심이 없음이다. 다만 염루가 없으면 착하지 않음이 나지 않으며, 염루가 없음을 얻으면 청정하고 둥글고 밝아 항상 고요하여 마침내 움직이지 않으니, 이를 착한 법이 없어지지 않는다고 한다. 이것이 곧 나지도 않고 없어지지도 아니한 것이다.”

생과 사는 서로 대립된 둘이 아니라, 하나의 흐름 속에서 드러나는 다른 얼굴일 뿐입니다.

선악의 시비는
허황한 분별입니다

마음이 번뇌에 물들지 않고 생각이 흔들리지 않으며,

선악을 초월하여 깨어 있는 사람에게는

그 어떤 두려움도 없다.

《법구경》

‘선과 악’은 인간 사회에서 가장 무겁게 다루어지는 관념 중 하나입니다. 기독교에서는 선악의 기원을 아담과 이브가 선악과를 먹은 사건에서 찾습니다. 하나님의 명령을 어긴 순간 인간은 타락했다고 설명합니다.

유가에서는 사회 질서를 세우기 위해 분명한 선악의 기준이 필요하다고 보았습니다. 공자는 인仁과 예禮를, 맹자는 인의예지의 본성을, 순자는 사회 규범으로서의 예를 선악 판단의 기준으로 삼았습니다. 모두 선과 악을 분명히 가르는 데 초점을 둔 사상입니다.

그러나 장자는 이러한 선악 판단을 근본에서부터 의심합니다. 선악의 구분은 인간이 만들어 낸 인위적인 분별이며, 자연의 본성과 도의 질서에 어긋난다는 것입니다. 대부분의 선악 판단은 각자의 편협한 관점에서 내려진 것이지, 도의 차원에서 내려진 판단이 아니라고 보았습니다.

장자는 이렇게 말합니다.

사람이 습한 곳에서 자면 병이 나지만, 미꾸라지는 그렇지 않다.
사람이 나무 위에 오르면 두렵지만, 원숭이는 그렇지 않다.

또 “모장과 여희는 사람들이 모두 아름답다고 여기지만, 그것을 본 물고기는 깊이 숨어 버리고 새는 높이 날아가며 사슴은 도망친다.”고 말합니다. 사람의 판단이 얼마나 제한적인지를 보여 주는 비유입니다.

　도의 관점에서 보면 선과 악, 유와 무, 삶과 죽음은 본래 둘이 아닙니다. 맑은 날과 흐린 날이 한 하늘 아래 있는 것과 같습니다.

　불교에서는 일반적인 윤리가 선과 악의 상대적 분별 위에서 이루어진다고 봅니다. 선은 악과의 관계 속에서만 성립하는 상대적인 개념입니다. 악은 괴로운 과보를, 선은 즐거운 과보를 가져온다고 설명하면서, 사람들에게 부귀영화나 무병장수라는 미래의 보상을 약속합니다. 그러나 바로 이 지점에서 선조차도 집착의 대상이 됩니다.

　선과 악의 분별이 번뇌와 집착에서 비롯된 이상, 악을 멈추고 선을 행하는 것만으로는 생로병사의 근원적 괴로움에서 벗어날 수 없습니다. 완전한 열반에 이르기 위해서는, 선과 악으로 갈라지는 이원적인 분별심 자체가 고요해져야 합니다.

　그래서 불교는 윤리적으로 선악을 논하기에 앞서, 선과 악으로 나뉘기 이전의 자리로 돌아갈 것을 권합니다. 상대적인 선과 악에 매달려 마음을 소모하기보다, 보다 넓은 차원에서 선도 악도 함께 넘어서라는 것입니다.

　이처럼 선악을 초월해 열반에 이르는 것이야말로 진정한 의미에서의 '최고의 선'입니다. 이는 선과 악의 대립이 사라진 절대적인 선이며, 탐욕과 분노와 무지로부터 끊임없이 흘러나오던 번뇌가 마침내 잦아든 자리입니다.

　선악을 초월한다고 해서 선악을 무시한다는 뜻은 아닙니다. 오히려 선악 이전의 청정한 마음자리로 돌아가, 그 자리를 윤리의 근원으로 삼는 것입니다. 그러면 아무것에도 걸림이 없으면서도, 자연스럽게 세간의 윤리와 어긋나지 않는 삶이 펼쳐집니다.

이 지점에서야말로 선악의 경계를 넘어선 평화와 자유의 물결이, 늘 고요하게 흐르고 있습니다.

이것이 있으므로
저것이 있습니다

이 모든 현상은 인연에 의해서 만들어졌으므로

단 한 순간도 같은 상태로 머물러 있지 않는다.

여기 태어난 것은 이윽고 소멸되어 간다.

그러나 이 생성과 소멸의 이원적인 차원을 넘어서게 되면

거기 영원한 법열의 세계인 니르바나(열반)가 있다.

니르바나로 가는 길이 있다.

《대반열반경》

〈연기법송緣起法頌〉
모든 것은 원인에서 생긴다
부처님은 그 원인을 말씀하셨다
모든 것은 원인에 따라 소멸한다
이것이 부처님의 가르침이다

연기緣起는 인과법이자 인연법이며, 연생연멸의 법칙이라고도 불립니다. 부처님은 이 연기의 법칙이 당신이 만들어 낸 것도 아니고, 부처님이 세상에 나오든 나오지 않든 변함없이 성립하는 진리라고 하셨습니다. 다만 당신은 그 진리를 깨달아 밝혔을 뿐이라는 것입니다. 연기법은 세계와 인간을 관통하는 불변의 진리임을 강조한 가르침입니다.

아함부 경전에는 이런 말이 전해집니다.

연기를 보는 자는 법을 보고, 법을 보는 자는 연기를 본다. 그리고 연기를 보는 자는 부처님을 본다.

이 말에서 부처님은 연기와 법, 그리고 부처님을 서로 다르지 않은 하나로 보았음을 알 수 있습니다.

미혹한 세계의 인과관계를 설명한 연기설을 열두 지분으로 정리한 것이 십이연기十二緣起입니다. 십이연기는 12지연기 또는 12인연이라고도 불립니다.

그 열두 지분은 다음과 같습니다.

무명無明 : 무상의 법칙성과 존재의 실상을 알지 못하는 근원적 무
지입니다.

행行 : 무명을 바탕으로 존재가 형성됩니다. 아직 분별 속에 있는
잠재적 작용입니다.

식識 : 무지한 상태에서 인식 작용이 일어납니다.

명색名色 : 정신과 물질, 즉 오온이 갖추어진 상태입니다.

육처六處 : 여섯 감각 기관이 형성됩니다.

촉觸 : 감각 기관과 대상이 접촉하여 인식이 일어납니다.

수受 : 괴로움·즐거움·무고無苦無樂의 감수가 생깁니다.

애愛 : 즐거운 것은 탐하고 괴로운 것은 피하려는 갈애가 일어납
니다.

취取 : 욕망에 더욱 집착하게 됩니다.

유有 : 집착이 업을 만들어 냅니다.

생生 : 업에 따른 과보로 다시 태어납니다.

노사老死 : 태어남에는 반드시 늙음과 죽음이 따릅니다.

이처럼 십이연기는 "이것이 있으므로 저것이 있다"는 연기의 법
칙을 삶의 전 과정에서 구체적으로 보여 줍니다.

중도가
부처님입니다

객기 부려 만용하지 말고, 허약하여 비겁하지 말며,

지혜롭게 중도中道의 길을 가라.

이것이 지혜로운 이의 모습이다.

사나우면 남들이 꺼려하고, 나약하면 남이 업신여기나니,

사나움과 나약함을 버려 중도를 지켜라.

《잡보장경》

최근 유럽 선진국에서 논의되는 '제3의 길'은 불교의 중도사상을 떠올리게 합니다. 그러나 불교의 중도사상은 그러한 정치·사회적 담론보다 훨씬 넓고 깊은 사상적 뿌리를 지니고 있습니다.

부처님의 중도는 "진정한 삶이란 무엇인가"라는 물음에 대한 답이자, 동시에 삶을 근본에서 전환하는 길을 제시합니다. 부처님은 고통에 찬 현실 세계를 진단하며 사성제四聖諦를 설하셨고, 그 처방으로 여덟 가지 바른 길, 즉 팔정도八正道를 제시하셨습니다. 이 팔정도가 곧 중도의 구체적 실천이며, 성인의 길인 팔성도八聖道입니다.

여기서 '중中'이란 가장 올바르고 치우침이 없는 상태를 뜻하고, '도道'란 길이자 진리입니다. 올바른 견해, 사유, 말, 행위, 생활, 노력, 기억, 선정, 이 여덟 가지 바른 길은 삶 전체를 관통하는 실천의 지표가 됩니다. 이처럼 중도는 관념이 아니라, 진리 위에 사는 이들의 철저한 삶의 방식입니다.

불교의 중도가 유교의 중용中庸과 같은가 하는 물음도 있습니다. 중용의 '중'은 지나치지도 모자라지도 않음을 뜻하며, 평상한 상태를 유지하는 지혜를 말합니다. 이는 현실의 질서 속에서 조화와 균형을 중시하는 삶의 태도라 할 수 있습니다.

반면 불교의 중도는, 생과 멸, 유와 무, 상과 단, 같음과 다름, 옴과 감이라는 모든 이항 대립을 지혜로써 초월하는 길입니다. 단순한 균형이나 절충이 아니라, 대립 그 자체가 성립하지 않는 자리로

나아가는 것입니다. (불교연구가 고영섭의 견해)

성철 스님은 이 중도를 곧 부처님이라고 하시면서 이렇게 말하셨습니다.

자연계를 이루는 근본 요소인 에너지와 질량은 서로 다른 것으로 여겨졌으나, 과학의 발전은 둘이 본래 하나임을 밝혀냈습니다. 질량이 곧 에너지이며, 에너지가 곧 질량입니다. 이것이 중도의 한 원리입니다.

우주 만물도 모를 때에는 각각 따로따로 보이지만, 알고 보면 모두가 하나입니다. 허망한 분별인 시비선악을 고집하면 투쟁은 끝없이 이어집니다. 그러나 그 분별을 내려놓으면 갈등과 대립은 자연히 사라지고, 융합자재한 하나의 대화합만이 남습니다.

악한 자와 성인이 둘이 아니며, 네가 틀리고 내가 옳다는 것도 한 이치입니다. 이 대립이 사라진 자유의 세계에서는 어디를 가나 웃음뿐이고, 불평과 불만은 자취를 감춥니다.

대립이 완전히 소멸된 이 세계는, 모두가 중도 아닌 것이 없으므로 부처님으로 가득 차 있습니다. 이 중도실상의 세계가 곧 우주의 본래 모습입니다.

우리는 본래 평화의 꽃이 만발한 커다란 낙원에 살고 있습니다. 시비선악의 양쪽을 버리고, 융합자재한 중도실상을 바로 봅시다. 여기에서 영원한 휴전이 이루어지고, 우리는 절대적 평화의 고향으로 돌아갑니다. 삼라만상이 함께 중도를 노래하며 부처님을 찬

탄하는 이 거룩한 장관 속에서, 손에 손을 맞잡고 다 함께 행진합
시다.

마음의 눈을 뜨면
현실이 극락입니다

마음은 모든 성자의 근원이며 만 가지 악의 주인이다.

해탈의 즐거움도 자신의 마음에서 오는 것이고,

윤회의 고통도 마음에서 온다.

그러므로 마음은 이 세상을 뛰어넘는 문이고

해탈로 나아가는 나루터다.

일단 마음의 문을 열면 나아가지 못할까 걱정할 것이 없고,

나루터를 알면 강 건너 기슭(피안)에 이르지 못할까 근심할 것도 없다.

〈달마〉

불교는 무엇보다 '마음'을 강조합니다. 마음을 바로 세우는 일이 곧 수행의 핵심이라고 보기 때문입니다.

그렇다면 불교에서 말하는 마음은 무엇이기에, 성철 스님은 "마음의 눈을 뜨면 현실이 극락"이라고 말씀하셨을까요? 이를 이해하려면, 선禪을 먼저 살펴볼 필요가 있습니다.

선禪은 범어 드야나 dhyāna 를 음역한 말입니다. 원래는 선나禪那라 하다가 줄여서 선이라 했습니다. 한마디로 말하면, 선은 마음을 닦는 일이라 할 수 있습니다.

이 선을 이해하지 못하면, 불교 가운데서도 특히 선을 강조한 선종禪宗 계열, 그중에서도 선을 누구보다 중시한 성철 스님의 말씀을 온전히 이해하기 어렵습니다. 스님은 입적하시기 전에도 "참선을 잘하라"는 당부를 남겼습니다. 그만큼 선은 수행의 중심이었습니다.

바로 그 선을 통해 우리는 이 세상이 본래 본지풍광本地風光이며, 광명세계이고, 극락임을 깨달아야 합니다.

『달마관심론』은 선을 이렇게 말합니다.

마음에 관하는 이 한 가지 법이 모든 행을 다 거두어들이는 것이니, 이 법이 가장 간결하고 요긴하다. 마음이란 모든 것의 근본이므로 모든 현상은 오직 마음에서 일어난다. 그러므로 마음을 깨달으면 만 가지 행을 다 갖추게 된다.

『유마경』역시 선禪을 다음과 같이 설명합니다.

> 앉아 있다고 해서 그것을 좌선이라고 할 수 없다. 현실 속에서 살
> 면서도 몸과 마음이 움직이지 않는 것을 좌선이라 한다. 생각이
> 쉬어버린 무심한 경지에 있으면서도 온갖 행위를 할 수 있는 것을
> 좌선이라 한다. 마음이 고요에 빠지지 않고 또 밖으로 흩어지지
> 않는 것을 좌선이라 한다. 번뇌를 끊지 않고 열반에 드는 것을 좌
> 선이라 한다. 이와 같이 앉을 수 있다면 이는 부처님이 인정하는
> 좌선일 것이다.

젊은 시절 성철 스님은 아직 출가하지 않은 상태에서 한 사찰에
들어가 참선을 했다고 합니다. 24시간 잠을 자지 않고 허리를 곧게
세운 채 '용왕정진'을 이어갔고, 42일째 되는 날 '동정일여動靜一如'
의 경지를 얻었다고 전해집니다. 동정일여란 오고 가나, 앉으나 서
나, 말하나 침묵하나, 조용하나 시끄러우나 상관없이 화두라는 의
심 덩어리가 마음에 가득 차 있는 상태를 말합니다.

그 투철한 참선 끝에 드러나는 깨달음은, 결국 "이 세상은 본래
극락"이라는 사실일 것입니다. 이를 지식이 아니라 체험으로 알기
위해서는, 우리 모두 바쁜 세상의 쳇바퀴에서 한 걸음 비켜서 화두
를 붙들고 '참선'에 들어야 할 것입니다.

정성으로 참선을 하면 마음의 눈이 저절로 열리고, 광채를 내는
극락의 세계가 보일 것입니다. 성철 스님은 다음처럼 말씀하셨습

니다.

설사 억천만겁 동안 나의 깊고 묘한 법문을 다 외운다 하더라도
단 하루 동안 도를 닦아 마음을 밝힘만 못하느니라. 내가 아난과
같이 멀고 먼 전생부터 같이 도에 들어왔다. 아난은 항상 글을 좋
아하여 글 배우는 데만 힘썼기 때문에 여태껏 성불하지 못했다.
나는 그와 반대로 참선에만 힘써 도를 닦았기 때문에 벌써 성불하
였다.

이 부처님의 말씀에 따라, 수도자는 마땅히 참선에 힘써야 합니
다.

모든 중생은
항상 있어
없어지지 않습니다

아, 늙음과 죽음과 병듦, 이것이 젊음을 짓밟는구나.

처음에는 그처럼 즐겁더니 이제는 죽음의 핍박을 받는구나.

그러므로 불멸을 구하고자 한다면

오직 깨달음의 길이 있을 뿐이다.

거기에는 태어남도 죽음도 모두 없기 때문에.

《잡비유경》

인간의 근원적인 슬픔은 어디에서 올까요? 태어나 자라고 늙어 죽는, 그 단순한 생물학적 곡선 속에서 인간은 크고 작은 고통과 슬픔을 겪습니다. 그러나 그 모든 슬픔을 넘어 우리를 가장 절망하게 하는 것은 무엇일까요?

맞습니다. 죽음입니다.

죽음 앞에서는 현대 첨단과학도 두 손을 들었고, 역사 속 많은 성인군자들도 결국 무릎을 꿇었습니다. 그래서 종교는 인간의 근원적 슬픔을 치유하기 위해 존재한다고 말할 수 있습니다. 종교를 통해 우리는 가까운 이들의 죽음을 조금은 너그러이 받아들이고, 또 다른 세계에서의 평안을 빌어 주기도 합니다.

종교는 너무나 짧은 인간의 삶을, 어떤 방식으로든 '더 오래' 지속시키고자 하는 열망을 품고 있다고 보아도 무방할 것입니다.

잘 알려진 이야기지만, 석가모니가 출가하여 열반을 얻는 계기가 된 것 역시 늙음과 죽음에 대한 통찰이었습니다.

비구들이여, 나는 그와 같은 생활을 하면서 생각하였다. 어리석은 자는 자기 자신이 늙어 가는 몸이면서도 아직 늙음을 벗어난 줄 모르기 때문에 다른 사람의 늙은 모습을 보면 자기 자신의 늙음은 잊어버린 채 싫어하고 혐오한다. 생각해 보면 나 또한 늙어가는 몸이다. 늙음을 피하는 것은 불가능하다. 그런데도 다른 사람이 늙고 쇠약해진 모습이라고 해서 싫어하고 혐오하는 것은 내가 보기에는 타당치 않은 것이다. 비구들이여, 이와 같이 생각하자 내 청춘의 교만은 모두 끊어져 버렸다.

이러한 늙음과 죽음에 대한 뼈저린 성찰 이후, 석가모니는 보리수 아래에서 깨달음을 얻었습니다. 인간을 포함하여 생명 있는 모든 것이, 겉모습은 변하되 근원에서는 결코 단절되지 않는다는 통찰에 이른 것입니다.

우리나라의 성리학자 화담 서경덕도 다음과 같이 말했습니다.

사람이 죽어 없어지는 건 형체와 혼백이 없어지는 것일 뿐이다. 담일청허한 기가 모인 것은 끝내 없어지지 않으며, 태허의 담일청허한 기속으로 흩어져 일기와 합해진다.

기氣 철학자로 알려진 화담은, 인간은 죽더라도 인간을 이루는 기는 없어지지 않는다고 보았습니다. 다만 헌 옷가지처럼 육체를 벗어버릴 뿐이라는 뜻입니다.

시간적으로 보면, 인도에서 출발한 불교의 세계관이 성리학의 세계관보다 앞섭니다. 그러므로 성리학의 '기의 불멸' 사상은 불교의 영향 아래 형성되었을 가능성도 있습니다. 그러나 중요한 것은 불교든 성리학이든, 공통으로 말하는 바가 있다는 점입니다. 인간은 결코 '망하지 않는다.'는 믿음입니다. 현상적으로 인간은 한 줌의 흙으로 돌아가지만, 인간은 결코 '죽지 않는다.'는 사실을 성철 스님은 거듭 설파하셨습니다.

인류 역사의 어느 시점부터 우리는 인간을 '죽어 없어지는 존재'로, 기계 부품처럼 고장 나면 버려야 하는 존재로 여기기 시작했습니다. 그러나 그것은 사실 아주 최근의 일입니다. 긴 역사의 대부분 동안 인간은 "죽어도 사라지지 않는다."는 신념을 품고 살아왔습니다.

그 신념이 미신으로 치부된 것은 현대 산업사회에 들어와서의 일입니다. 다행스러운 것은, 물질문명 속에서도 종교의 불은 꺼지지 않고 오히려 더 타오르며, 인간은 여전히 영원을 꿈꾼다는 사실입니다. 특정 종교를 떠나, 우리는 우리의 영원성을 굳게 믿을 필요가 있습니다.

성철 스님은 이렇게 강조하십니다.

생사란 모를 때는 생사입니다. 눈을 감고 나면 캄캄하듯이. 알고 보면, 눈을 뜨면 광명입니다. 생사라 하지만 본래 생사는 없습니다. 생사 이대로가 열반이고, 이대로가 해탈입니다. 윤회를 이야기하는데 윤회라는 것도 눈감고 하는 소리입니다. 물론 사람이 몸을 받고 또 받고 하여 이어지지만, 모르는 사람은 그것을 윤회라고 하는데 아는 사람이 볼 때는 그것은 자유입니다. 일체 만법이 해탈이 아닌 것이 없습니다. 현실을 바로만 보면, 마음의 눈만 뜨면, 지상이 극락입니다.

4장

사회의 구원을 위하여

부처님은
이 세상을 구원하러
오신 것이 아닙니다

지나간 것(과거)을 쫓아가지 마라.

오지 않는 것(미래)을 바라지 말라.

과거는 이미 지나가 버렸고 미래는 아직 오지 않았다.

그리고 지금 현재도 잘 관찰해 보면 순간순간 변해가고 있다.

그러므로 '지금, 여기'를 살도록 노력하지 않으면 안 된다.

《중부경전》

모든 종교의 목적을 '구원'이라고 말한다면 지나친 단순화일까요? 인류 역사에는 수많은 종교가 생겨나 한 시대를 풍미하다가 사라지기도 했지만, 그 가운데 지금까지 살아남아 거대한 조직으로 성장한 종교들도 있습니다.

불교, 기독교, 이슬람교, 이 세 종교는 인류를 삼분할 정도로 많은 신도를 거느리며 막강한 영향력을 지니고 있습니다. 교리와 세계관은 서로 달라도, 근본에서 닮아 보이는 지점이 있습니다. 현세의 고통으로부터 우리를 건져 주고, 죽은 뒤의 내세에서는 영원한 행복을 약속한다는 점입니다.

무엇보다 종교가 인간에게 큰 호소력을 주는 까닭은 내세의 구원을 약속한다는 데 있을 것입니다. "예수 믿고 천당 가세요."라는 말을 누구나 한 번쯤은 들어 보았을 텐데, 이것이 극단적으로는 "예수 안 믿으면 지옥 간다."로 들릴 만큼 심리적 압박을 주기도 합니다.

그런데 논리적으로 보면, 기독교인의 눈에는 불교와 이슬람을 믿는 이가 지옥에 갈 것처럼 보일 수 있고, 불교인의 눈에는 기독교와 이슬람 신자가 지옥의 나락으로 떨어질 것처럼 보일 수 있으며, 이슬람교인의 입장에서도 기독교와 불교 신자는 지옥에 갈 수밖에 없는 셈이 됩니다. 이 근원적 딜레마를 해결할 길은 없을까요?

성철 스님은 우리에게 그 지혜를 보여 주십니다. 구원은 '어딘가에서 새로 이루어지는 것'이 아니라, 이미 이루어진 것을 다시 발견하는 일이라고 말입니다. 이런 견해는 오래전에 육조 혜능에게서도 찾아볼 수 있습니다.

한 사람이 육조 혜능에게 물었습니다.

"세상 사람들과 스님들은 늘 아미타불을 찾으며 서방 극락을 염원하는데, 대사 생각엔 그들이 정말 극락에 갈 수 있다고 보십니까?"

혜능이 잘라 말했습니다.

"아니, 못 가. 극락을 가고자 하면 극락은 더 멀어지는 법이거든."

"그러면 어떤 사람이 극락에 갈 수 있습니까?"

"깨친 사람."

"어떻게 깨친 사람은 극락에 간단 말입니까?"

"손바닥 뒤집듯이 간단하지. 지금 당장이라도 극락을 보여주랴?"

눈이 휘둥그레진 남자가 말했습니다.

"여기서 볼 수만 있다면 더 바랄 것이 있겠습니까?"

그 순간 혜능은 손바닥을 쫙 펴며 말했습니다.

"자, 봐라. 여기 극락세계가 보이느냐? 어때, 틀림없지?"

이 이야기에서 분명해지는 것은, 극락에 갈 수 있는 사람은 '깨친 사람'이라는 점입니다. 그리고 깨친 사람은 극락을 멀리서 찾지 않고, 펼쳐진 손바닥에서 발견하는 사람입니다.

진정한 의미에서 극락은 먼 곳에 있는 것이 아니라 바로 우리 곁에 있음을 깨닫는 것, 그것이 구원의 첫걸음입니다.

우리 모두 가슴이 울릴 만큼 크게 외쳐 봅시다.

“나는 구원받았다!”

불교에는
'구제사업'이 없습니다

선善에는 일곱 가지가 있다.

고난을 만나더라도 버리지 않고,

가난하다고 하더라도 버리지 않고,

자신의 어려운 일을 상의하고,

서로 도와주고,

하기 어려운 일을 해주고,

주기 어려운 것을 주고,

참기 어려운 것을 참는 것이니라.

《사분율》

누구나 지하철에서 장님 걸인이 하모니카를 불고 지나가면 동전을 몇 개 넣어 줄까 말까 망설여 본 적이 있을 것입니다. 혹은 계단에 쪼그리고 앉아 있는 걸인을 보고 잠시 발길을 멈추어 호주머니를 뒤져 본 적도 있을 것입니다.

그때 우리의 마음을 움직인 것은 무엇이었을까요? 불교에서는 자비심이라 하고, 기독교에서는 사랑이라고 부릅니다. 종교와 상관없이 말하자면 '연민憐憫'이나 '동정同情'이라 할 수 있을 것입니다. 그리고 인간에게는 그런 착한 본성이 본래 내재해 있다는 데에도 대체로 동의할 것입니다. 다만 그 보석 같은 마음이 세상의 때에 묻혀 가려져 있을 뿐입니다.

우리는 남을 위해 봉사하는 일이 중요하다는 사실은 잘 알고 있습니다. 그러나 그보다 더 중요한 것이 봉사의 '마음가짐'임을 놓치곤 합니다. 성철 스님은 단지 우리보다 못한 사람이 불쌍해서 돕는 것은 잘못이라고 말합니다. '우리보다 못한 사람'이라고 구별하는 마음을 품고 돕는 것 자체가 이미 잘못됐다는 것입니다.

우리는 흔히 가난한 사람이나 장애인을, '평범한 사람들보다 열등하다'고 여기는 무의식 속에서 돕습니다. 그러나 정작 나와 비슷한 처지의 사람, 혹은 나보다 더 나은 처지의 사람을 돕는 일에는 인색해지곤 합니다.

그래서 성철 스님은 우리의 동정심을 단호히 꾸짖습니다. 남을 동정하는 것은 남을 무시하는 일이라는 것입니다. 세상의 모든 사람은 다 같은 부처님인데, 다만 세상에 나타난 모습과 사회적 처지가 다를 뿐이라는 뜻입니다.

이제 우리는 그동안의 선행심善行心을 바르게 조정해야 합니다. 남을 위해 선행을 베푸는 일은 참으로 귀하지만, 그보다 더 중요한 것은 마음의 결입니다. 소외된 이웃을 대할 때에도, 불쌍해서가 아니라 부처님을 대하듯 존경하는 마음으로 돌보아야 합니다.

상대의 인격을 온전히 존중하는 자비가 있을 때, 헐벗은 이는 물질적 도움을 얻고 장애인은 자립의 의욕을 얻게 될 것입니다. 동시에 자비를 베푸는 사람 또한, 헐벗은 이와 장애인을 통해 다시금 부처님을 마음에 새기는 계기를 얻습니다. 이것이야말로 불교에서 말하는 진정한 자비요, 사랑입니다.

그러므로 앞으로는 지하철에서 마주친 장님 걸인이나 계단에 웅크린 걸인을 보고 '동정심'을 먼저 일으키는 일이 없어야 하겠습니다. 그들을 보고 잠시라도 내가 우쭐했던 적이 있다면, 그리고 그런 마음에서 동냥을 하려 했다면 큰 잘못입니다. 다시는 부처님을 알아보지 못하고 무례를 저지르는 일이 없어야 하겠습니다.

차별 없는 자비를 강조한 성철 스님은 또 이렇게 말씀하셨습니다. 인과의 법칙에 따라 영원(해탈)에 이르기 위해서는 세상의 허망한 영화에 얽매이지 말고, 오로지 불멸의 길을 닦으라고 말입니다. 그리고 그 불멸의 길은, 곧 중생에게 차별 없는 자비를 베푸는 일입니다.

만사가 인과의 법칙을 벗어나는 일은 하나도 없으니, 무슨 결과든지 그 원인에 정비례합니다. 콩 심은 데 콩 나고, 팥 심은 데 팥 나는 것이 우주의 원칙입니다. 콩 심은 데 팥 나는 법 없고, 팥 심은 데 콩 나는 법 없으니, 나의 모든 결과는 모두 나의 노력 여하에 따라 열매를 맺습니다. 불법도 그와 마찬가지로, 천만사가 다 인과법을 떠나지 않습니다. 세상의 허망한 영화에 얽매이지 않고 오로지 불멸의 길을 닦는 사람만이 영원에 들어갈 수 있습니다.

우리는 법정 스님이 남긴 많은 저서를 통해 그분의 사상을 읽어 왔습니다. 그에 비해 성철 스님은 저작으로 말하기보다, 삶 속에서 그때그때 살아 있는 교훈을 주었습니다. 어쩌면 성철 스님은 그 어떤 스님보다도 '스승다운 스승', 진정한 무소유의 삶을 사신 분이라 말할 수 있을 것입니다.

불교에는
'용서'란 없습니다

항상 참회하는 마음으로 살아야 한다.

참회하는 마음은 모든 장엄 중에서 으뜸이 되니라.

참회하는 마음은 쇠갈고리와 같아서

능히 인간의 잘못된 마음을 억제하나니,

모든 선남·선녀들은 항상 참회하는 마음을 잊지 말아야 하느니라.

《불유교경》

이 세상에 상처 없는 사람이 있을까요. 육체의 상처든 마음의 상처든, 누구나 남모르는 상처 하나쯤은 품고 살아갑니다. 어떤 사람은 그 상처로 평생 그늘져 살고, 또 어떤 사람은 그 상처를 껴안고도 끝내 삶을 건너갑니다.

우리는 서로에게 상처를 입으며 살고, 상처를 주며 삽니다. 상처받지 않고 살아가는 사람은 없고, 상처 주지 않고 살아가는 사람도 없습니다. 매일 밥을 먹고 국을 먹지만, 어쩌면 우리는 '상처의 밥'과 '상처로 끓인 국'을 먹고 사는지도 모릅니다. 밥을 먹지 않고 살 수 없듯, 상처도 피하지 못한 채 살아가는 것이 현실입니다. 결국 남는 문제는 하나입니다. 그 상처를 어떻게 소화해 낼 것인가.

상처는 멀리 있는 사람보다 가까운 사람에게서 더 깊게 옵니다. 아내는 남편에게, 남편은 아내에게, 어머니는 아들에게, 아들은 어머니에게, 가장 가까운 관계가 가장 크고 아픈 상처를 주고받기도 합니다.

오늘의 삶이 고통스러운 까닭은 돈이 없어서라기보다, 바로 그 상처에서 오는 고통 때문일 때가 많습니다. 우리는 그 고통을 끌어안고 어찌할지 몰라 안절부절 하다가, 어느덧 생을 마치기도 합니다.

우리 모두 크고 작은 상처투성이 속에서 괴로워하며 하루하루를 삽니다. 잊은 줄 알았던 상처가 어느 순간 다시 활활 타오르며 몸과 마음을 태우기도 합니다. 참으로 고통스럽습니다.

이 상처를 치유하려면 결국 '용서' 말고는 길이 없다고들 말합니다. 용서는 추상적인 감상이 아니라 구체적인 의지의 행위입니다. 용서하겠다고 결심하고, 결단을 내리는 일입니다.

물론 "용서하겠다."는 의지를 세우고 입으로 그렇게 말했더라도, 그 뒤에 마음이 자꾸 괴로워지는 것은 인간으로서 당연한 일입니다. 중요한 것은 그 이후의 흔들림이 아니라, 내 안에 '용서하겠다.'는 마음이 있는가 없는가 입니다.

스승 예수를 배반한 가룟 유다와 베드로의 삶은, 왜 우리가 자신의 잘못을 먼저 마주해야 하는가를 선명하게 보여 줍니다. 둘 다 스승을 배반했다는 사실은 같지만, 삶의 결말이 하늘과 땅만큼 달랐던 것은 결국 자기 자신을 놓아 주었는가, 끝내 놓아 주지 못했는가의 차이였기 때문입니다.

가룟 유다는 자신의 잘못을 스스로 용납하지 못해 괴로워하다가 끝내 목숨을 끊었습니다. 반면 베드로는 통회 속에서 다시 일어나, 순교로써 스승과 교회를 위한 초석이 될 수 있었습니다.

무엇보다 먼저 해야 할 일은 나 자신을 먼저 용서하는 일입니다. 그리고 불교의 언어로 말하자면, 그 일은 곧 '참회'입니다. 스스로 참회함으로써 나 자신을 다시 사랑할 힘을 얻고, 나 자신을 사랑함으로써 남도 사랑할 수 있어야 합니다. 나 자신조차 사랑하지 못하면서, 어찌 남을 온전히 사랑할 수 있겠습니까.

성철 스님도 남을 용서하기보다는 참회하라고 말씀하셨습니다.

용서라는 말 속에는 자칫 '내가 너보다 위에 있다'는 마음이 숨어

들기 쉽기 때문입니다. 그러니 먼저 나 자신을 참회로써 바로 세우고, 그 자리에서 나에게 상처 준 이를 사랑할 수 있는 힘과 용기를 길러야 할 것입니다.

오늘은
당신의 생일이니
축하합니다

내 인생에서 가장 행복한 날은 언제인가. 바로 오늘이다.

내 삶에서 절정의 날은 언제인가. 바로 오늘이다.

내 생애에서 가장 귀중한 날은 언제인가.

바로 오늘 '지금 여기'다.

어제는 지나간 오늘이요 내일은 다가오는 오늘이다.

그러므로 '오늘' 하루하루를 이 삶의 전부로 느끼며 살아야 한다.

《벽암록》

외국의 한 명상 수행가는 "인간이 살아 있다는 것 자체가 기적"이라고 말했습니다. 그러나 우리는 대개 저절로 태어나 살아가면서, 삶을 관습처럼 받아들이고 그 경이를 잊어버립니다. 우연히 얻어진 이 삶을 때로는 지겹다고 말하고, 때로는 죽는 것보다 못하다고 말하기도 합니다. 삶의 경이를 모르고, 삶의 기적을 가볍게 여기는 말들입니다.

사실 우리는 매 순간 기적을 경험합니다. 두 눈에 들어오는 산과 바다, 각양각색의 사람들, 인간 사회의 갖가지 풍경들, 이 모든 것 하나하나 기적입니다. 한 번 두 눈을 감고, 귀도 막고, 생각조차 붙들지 않은 채 몇 시간만 지내보십시오. 마치 캄캄한 동굴에 갇힌 듯한 답답함이 밀려올 것입니다. 그 괴로움을 아는 사람만이, 이 삶의 빛을 제대로 압니다.

요즘 도시의 삶에 지친 사람들이 종종 명상센터나 산사를 찾아 몸과 마음을 씻어 내는 것도 같은 이유일 것입니다. 빠른 속도로 되풀이되는 도시의 생활은, 기계가 아닌 생물인 인간이라면 누구나 언젠가 고장 나게 만듭니다.

몸에서, 마음 한구석에서 그 '고장의 기미'가 느껴질 때, 사람들은 하나둘 홀로 자신의 내면을 찾아 나섭니다. 그 내면에는 수돗물이 아니라 맑고 시린 샘물이 가득합니다. 그 샘물에 몇 시간이라도 자신을 담갔다가 다시 일상으로 돌아온 사람은 압니다. 환한 세상이 축제를 벌이는 듯한 감각이, 몸속에서 조용히 솟아오른다는 것을요.

산사에서 화두를 붙들고 선을 하는 스님이나, 빌딩 틈바구니의 명상센터에서 호흡을 고르는 사람이나, 결국 같은 것을 경험합니다. 본래 이 세상은 축제이며, 이 삶은 매 순간 경이로 가득하다는 사실을 체험으로 압니다.

성철 스님은 무소유와 수십 년의 장좌불와 속에서 그 사실을 일찍이 보셨습니다. 이 세상의 모든 것이 부처님이고, 날마다 생일을 맞는다는 사실을 말입니다. 다만 우리만 모르고 있었을 뿐입니다. 어떤 부와 명예보다 더 절대적인 진실을, 우리만 잊고 있었을 뿐입니다.

오늘은 우리의 생일입니다. 부처님의 생일입니다. 우리 모두 손뼉 치며 노래하며, 이 경사를 함께 나누어야 할 일입니다. 축제의 주인은 바로 당신입니다.

몇 푼의 돈에, 지푸라기 같은 명예에, 이 소중한 진실을 잊지 말아야 합니다.

지도자는 사리사욕을
버려야 합니다

헛된 삶으로 이끄는 그릇된 집착을 버리고
세상을 있는 그대로 볼 때 죽음에 대한 공포는 사라진다.
무거운 짐을 내려놓고 나면 더 이상 무거울 것이 없는 것처럼.
집착을 여의고 애써 노력하며 피안에 이른 사람은
목숨을 다한 것에 만족한다. 감옥에서 풀려난 죄수처럼.
진리의 최고 경지에 도달하여 세상에 대해
아무런 아쉬움도 없는 사람은 죽음을 슬퍼하지 않는다.
불타오르는 집에서 무사히 빠져나온 사람처럼.

《아함경》

　이 나라의 지도자를 뽑는 대선은 개국 이래 여러 차례 치러졌습니다. 그동안 대통령 후보로 나선 사람만 해도 수십 명이 넘지만, 결국 한 나라의 지도자로 선택되는 사람은 언제나 단 한 명뿐입니다. 그러니 그 자리를 향한 경쟁이 치열해질 수밖에 없습니다.

　한편으로는 다행스러운 일입니다. 그만큼 재능과 역량을 갖춘 인물이 많다는 뜻일 테니까요. 그러나 우리의 정치사를 차분히 돌아보면, 마냥 안도하기 어려운 장면들이 떠오릅니다. 뛰어난 학력과 경륜, 막강한 권력을 지닌 이들이 지도자의 자리에 올랐지만, 정작 국정 운영은 국민의 신뢰를 얻지 못했고, 끝내 법정에 서는 일까지 겪었습니다.

　어째서 그런 일이 반복되었을까요. 왜 국민들은 전직 지도자를 존경하기보다 단죄의 대상으로 바라보게 되었을까요. 그 이유를 한마디로 말하긴 어렵지만, 분명한 것은 지도자의 자리 위에 사리사욕이 올라섰을 때, 국정은 길을 잃는다는 사실입니다.

　한 나라의 지도자와 그 가족이 법정을 오르내리는 사회를 보며, 우리는 이제 그저 능력 있는 지도자보다 죄를 짓지 않는 지도자, 욕심을 절제할 줄 아는 지도자를 바라는 지경에 이르렀습니다.

　이 지점에서 우리는 한 민족 지도자의 목소리를 다시 떠올릴 필요가 있습니다. 그는 나라의 부강함보다 아름다움을, 힘의 과시보다 문화와 인의를 꿈꾸었습니다. 물질과 무력이 아니라, 자비와 사랑이 인류를 살린다고 믿었습니다. 이러한 분명한 국가관과 인간관이 있었기에, 그의 말은 지금까지도 살아 움직입니다.

위대한 지도자에게는 언제나 자신만의 분명한 철학이 있습니다. 무엇을 이루고 싶은가보다, 무엇을 넘어서고 싶은가를 아는 사람, 그 사람이 진정한 지도자일 것입니다.

이제 우리 사회에도 사리사욕을 내려놓고, 자기 이익보다 공동의 선을 앞세우는 지도자가 나타나기를 기대해 봅니다. 성철 스님이 강조한 것처럼, 집착을 버릴 때 비로소 올바른 길이 보이기 때문입니다.

진짜 큰 도둑은
성인인 체하는
사람입니다

진리를 아는 사람은 자신의 견해나 사상에 대해 자만하지 않는다.

종교적 행위에도, 마음을 흔드는 어떤 유혹에도 끌려가지 않는다.

차별의 생각에서 벗어난 사람에게는 더 이상 속박이 없다.

지혜로 자유를 얻은 이에게는 미망이나 착각이 깃들지 않는다.

그러나 편견을 고집하는 사람들은 서로 부딪히며 세상을 살아간다.

《숫타니파타》

언제쯤이면 이 세상에 도둑이 없는 날이 올까요.

도대체 어떻게 해야 도둑 없는 세상을 만들 수 있을까요.

어떤 생물학자는 인간 가운데에는 범죄 성향을 타고난 이들이 있다고 말합니다. 범죄를 저지른 사람의 혈통을 따라 또 다른 범죄자가 나온다는 주장입니다. 일정 부분 고개를 끄덕이게 만드는 설명일 수는 있습니다. 그러나 이 생각이 지나치게 확대되면, 그것은 곧 또 하나의 위험한 이데올로기가 될 수 있습니다. 인간을 미리 범주화하고 낙인찍는 순간, 평등과 존엄은 여지없이 무너질 수 있기 때문입니다.

도둑질이 인간의 본성에서 비롯되었든, 사회적 환경에서 비롯되었든, 도둑 없는 세상을 바라는 마음만큼은 누구에게나 공통된 소망일 것입니다.

그런데 우리는 흔히 도둑이라 하면 남의 돈을 훔치거나 은행을 터는 사람을 떠올립니다. 그러나 성철 스님은 그보다 훨씬 더 큰 도둑이 있다고 경계하셨습니다.

지난 세기 제국주의 시대에는 힘으로 남의 나라를 빼앗고 수많은 생명을 앗아가는 일이 공공연했습니다. 말 그대로 도둑의 시대였습니다. 함부로 남의 나라를 침략하면 국제사회의 비난을 피할 수 없습니다. 마찬가지로 한 나라의 최고 권력도 더 이상 무력으로 차지할 수 없는 시대가 되었습니다.

우리나라의 정치사를 돌아보면, 군사독재의 시절이 분명히 존재했습니다. 헌정 질서를 무너뜨리고 권력을 사유화했던 시대였습니다. 말로는 국가를 위한다고 했지만, 실제로는 개인의 욕망이 나라 위에 올라섰던 시간들이었습니다. 이제는 그런 역사가 반복되어서는 안 될 것입니다. 국민에 의해 선택되고, 국민을 위해 봉사하는 정치만이 정당한 정치일 것입니다.

그러나 성철 스님은 물건을 훔치는 도둑보다도 더 경계해야 할 존재가 있다고 말합니다. 물건을 훔치거나 권력을 빼앗는 도둑은 흔적을 남깁니다. 그래서 언젠가는 죄가 드러납니다.

하지만 자신이 세상의 이치를 다 깨달았다고 떠벌이며 사람들의 마음을 사로잡는 이는, 흔적을 남기지 않는 지능적인 도둑일 수 있습니다.

세상의 진리를 안다고 말하는 이들 가운데에는 실제로 부와 명예, 권력을 모두 손에 쥔 사람들이 적지 않습니다. 그들이 말하는 깨달음이 과연 사회를 더 정의롭고 따뜻하게 만들었는지는 스스로 돌아볼 일입니다. 진리를 안다는 말이, 자신을 중심에 세워 달라는 요구로 들릴 때도 있기 때문입니다.

중요한 질문이 하나 남습니다.

성인인 체하는 사람은 많은데, 왜 이 세상은 좀처럼 극락에 가까워지지 않는 걸까요.

만일 진정으로 깨달았다면, 그 답은 말이 아니라 삶으로 드러나야 할 것입니다.

이 세상이 조금도 더 나아지지 않는다면, 극락에 가까워지는 데 아무런 이바지도 하지 않는다면, 그 깨달음은 다시 생각해 보아야 합니다. 그런 의미에서 성인인 체하며 살아가는 삶은, 어쩌면 가장 교묘한 도둑질일지도 모릅니다.

그래서 우리는 말보다 삶으로 보여준 사람들을 오래 기억합니다.

소유를 줄이고, 권력을 멀리하며, 가장 낮은 자리에서 사람을 섬겼던 이들. 그들은 자신을 성인이라 부르지 않았지만, 그들의 삶은 많은 이들에게 길이 되었습니다. 진짜 큰 도둑은 물건을 훔치는 사람이 아니라, 진리를 빌려 자기 자신을 떠받드는 사람일지도 모릅니다.

정신이 물질을
지배해야 합니다

범부들은 눈앞의 현실에만 매달리고,

수행인은 마음만을 붙잡으려 한다.

그러나 마음과 외부 현실, 이 둘을

함께 뛰어넘는 것이 참된 수행의 길이다.

현실에만 맹종하는 것은

목마른 사슴이 아지랑이를 물인 줄 알고 쫓는 것과 같고,

마음만을 고집하는 것은

원숭이가 물에 비친 달을 붙잡으려는 것과 같다.

바깥 현실과 안의 마음이 비록 다르다 할지라도,

거기에 집착하면 양쪽 모두가 병이 된다.

《선가귀감》

마더 테레사 수녀는 풍요로운 미국을 방문한 자리에서 이렇게 말했습니다.

그의 고향 인도는 경제적으로 가난한 나라로 알려져 있습니다. 그러나 그곳에서 가난하고 병든 이들과 함께하며 생을 바친 테레사 수녀의 이 말은, 물질적 풍요가 반드시 인간의 행복을 보장하지는 않는다는 사실을 깊이 일깨워 줍니다.

한때 찬란한 정신문명을 꽃피웠던 아시아는 산업혁명 이후 서구의 과학기술문명 앞에서 속절없이 밀려났습니다. 동양이 정신의 세계를 탐구하는 사이, 서양은 물질문명을 급속히 발전시켰고, 그 결과 오늘날의 산업자본주의 사회를 주도하게 되었습니다.

그러나 물질문명이 인류의 보편적 삶의 방식이라고 말할 수는 없습니다. 아직도 물질문명의 혜택 없이도 자급자족하며 살아가는 민족과 공동체는 많습니다. 그들은 물질의 풍요가 없어도 충분히 행복하게 살 수 있음을 삶으로 보여줍니다.

『오래된 미래: 라다크로부터 배운다』에 등장하는 히말라야 고원의 작은 마을 사람들은 전통적인 생활방식을 유지하며 살아갑니다. 그들은 씨를 뿌릴 때도, 쟁기질을 할 때도, 잔치를 벌일 때도 노래하고 춤춥니다. 텔레비전도, 컴퓨터도 없지만 자연과 조화를 이루며 웃음을 잃지 않습니다.

이들의 삶은 우리에게 묻습니다.

과연 물질문명이 인간 행복의 유일한 길인가.

지구적 환경 재앙, 현대인의 각종 질병, 인간 존엄의 상실이라는 문제들은 물질문명이 가진 그늘을 분명히 드러냅니다. 이제 우리는 선택의 기로에 서 있습니다. 배부른 돼지가 될 것인가, 배고픈 소크라테스가 될 것인가.

이 문제는 사회 구조와 제도의 변화 없이는 해결되기 어렵습니다. 그러나 적어도 우리 자신만큼은 물질에 끌려 다니지 않는 삶을 선택할 수 있습니다. 아주 작은 실천에서부터 시작하면 됩니다. 물질적 이득보다 삶의 가치를 먼저 세우는 길, 그 길 위에서 우리 안의 부처가 깨어날 것입니다.

성철 스님은 물질만능주의뿐 아니라 지식만능주의 역시 경계하셨습니다.

지식만능은 물질만능 못지않은 큰 병폐입니다. 인간 본질을 떠난 지식과 학문은 인간 본래의 마음을 더럽혀 타락하게 만듭니다. 본래의 마음은 허공보다 깨끗하여 부처님과 다름이 없으나, 삿된 지식과 학문을 버리지 않으면 진면목을 드러낼 수 없습니다.

아무리 값진 보물도 거울 위에 올려놓으면 장애가 되듯, 지식이

쌓일수록 마음의 눈은 흐려질 수 있습니다. 이제는 마음을 가리는 불필요한 지식과 집착을 내려놓고, 본래의 맑은 마음으로 돌아가야 할 때입니다.

기업은
사회적 사명을
자각해야 합니다

고위층과 결탁하여 서민을 업신여기는 일을 하지 말라.

스스로 마음을 단정히 하여 부지런히 정진하고,

마음에 그릇된 뜻을 품어 사람들을 현혹하지 말라.

모든 일에 있어 항상 만족할 줄 알고 지나친 부를 축적하지 말지니,

이것이 곧 계율을 지키는 방법이며,

계율은 해탈로 나아가는 근본이 된다.

《불교유경》

한국과학기술원 KAIST 테크노경영대학원에 재학 중인 MBA 과정 학생들은 한국 CEO의 가장 큰 부족함으로 '윤리의식'을 꼽았습니다.

많은 CEO들이 친인척과 함께 기업을 비대하게 키워 이른바 '재벌'을 만들고, 그 기업을 다시 직계 자손에게 물려주는 구조를 반복해 왔기 때문입니다. 이 과정에서 부는 소수에게 집중되고, 평범한 사람들이 기업의 주체로 성장할 기회는 구조적으로 차단되고 말았습니다.

그러나 이러한 기업 문화 속에서도 '아름다운 퇴장'을 선택하며 새로운 이정표를 세운 경영자가 전혀 없었던 것은 아닙니다.

그 대표적인 인물이 바로 유한양행 창업주 유일한 회장입니다.

유일한 회장은 생전에 부사장이던 아들을 경영 일선에서 물러나게 하고 전문경영인에게 경영권을 맡겼습니다. 또한 개인기업이던 회사를 주식회사로 전환하며 주식 일부를 임직원에게 나누어 주어 국내 최초로 종업원지주제를 도입했습니다.

그는 별세하며 자신이 보유하던 유한양행 주식 전량을 '한국사회 및 교육신탁기금(현 유한재단)'에 기부했습니다. 이후 그의 딸 역시 생을 마치며 보유하던 대부분의 부동산을 같은 재단에 환원했습니다.

기업은 개인의 사유물이 아니라 사회적 공기다.

재산은 상속할 수 있지만, 경영권은 상속해서는 안 된다.

이 경영 철학은 지금도 경영학을 공부하는 이들 사이에서 명언처럼 회자되고 있습니다.

또한 석유화학 원료 운반을 전문으로 하는 KSS해운의 박종규 회장 역시 장성한 세 아들을 두고도 전문경영인에게 회사를 맡긴 뒤 '바른경제동우회'를 창립해 올바른 기업문화 확산에 힘써 왔습니다. 그는 평소 가장 존경하는 인물로 유일한 회장을 꼽아 왔습니다.

해외에서도 인상적인 사례는 이어집니다.

조지 부시 미국 대통령이 취임 직후 상속세와 증여세 폐지를 추진했을 때, 오히려 다수의 미국 부유층이 이에 공개적으로 반대하고 나섰습니다.

부의 공식적 세습이 사회적 불평등을 심화시키고 부자에 대한 신뢰를 무너뜨릴 수 있다는 우려 때문이었습니다.

세계적인 투자자 워런 버핏은 이 반대가 충분히 강력하지 못했다며 보다 분명한 책임 의식을 촉구하기도 했습니다. 범죄와 마약, 심각한 빈부 격차 속에서도 미국 사회가 쉽게 붕괴되지 않는 이유는 바로 이러한 '노블레스 오블리주'의 전통 덕분입니다.

이 정신은 빌 게이츠에게서도 잘 드러납니다.

그는 인도를 방문해 에이즈 예방 사업에 거액을 기부하며 자신의 재산을 자식들에게 물려주지 않겠다는 뜻을 거듭 밝혔습니다. 자녀가 자립할 정도의 생활은 보장하되, 막대한 부를 세습하는 것은 사회에도, 자식에게도 도움이 되지 않는다는 판단이었습니다.

그가 세계적으로 존경받는 이유는 단지 부자이기 때문이 아니라, 시대를 바꾼 혁신의 성과를 다시 인류에게 환원했기 때문입니다.

이제 우리 사회에도 부의 크기보다 책임의 깊이로 기억되는 CEO, 성공보다 퇴장의 품격으로 존경받는 기업가가 더 많이 등장하기를 기대해 봅니다.

2부

무소유의 향기

5장

만남은 시간으로 깊어집니다

티끌은
티끌이 아니라

티끌이라 해서 티끌이 아니다.

티끌이 모여 세계를 이루고

그 세계가 부서지면 다시 티끌이 된다.

그러므로 티끌도 티끌이 아니고

세계 또한 세계라 할 수 없다.

다만 그 이름이 티끌이요, 그 이름이 세계일뿐이다.

『금강반야바라밀경』

봄은 이 산 저 산으로 사람들을 나들이에 나서게 하며, 잠자던 시간을 깨웁니다.

그리고는 시간에게 아름다운 빛깔의 옷을 한아름 선사합니다.

사람들이 봄을 좋아하는 데에는 여러 이유가 있겠지만, 그중에서도 새로운 탄생에 대한 설렘이 가장 크지 않을까 합니다. 봄기운이 스미기 시작할 즈음 산길을 오르면, 갈색의 나뭇가지 끝에서 연하디 연한 연둣빛 잎이 피어납니다. 앙상하던 가지와 황량하던 대지에는 어느새 녹음이 돋아, 오랜 기다림을 조용히 풀어 줍니다.

산에 오르다 보면 개나리와 진달래, 철쭉이 어우러져 온 산길이 화사해집니다.

모든 꽃빛은 저마다의 신비를 품고 있지만, 그중에서도 유독 눈길을 끄는 것은 산 귀퉁이에 조그만 무리를 이루어 피어 있는 제비꽃입니다. 하늘빛과 새벽빛을 고르게 섞어 놓은 듯한 그 색은, 그저 자연의 조화라 말하기엔 너무도 신묘합니다. 올망졸망한 제비꽃들이 여기저기 보란 듯이 돋아 있는 모습을 바라보고 있노라면, 자연이 건네는 다정한 인사가 느껴집니다.

제비꽃의 영롱한 빛깔은 자연의 순리 속에서 태어납니다. 그 맑고 선명한 기운은 개미라는 부지런한 생물에 의해 더 널리 퍼져 나갑니다. 겉으로 보기에는 아무런 관련이 없어 보이는 제비꽃과 개미, 그러나 제비꽃 씨앗을 좋아하는 개미와의 만남이 없었다면 봄의 잔치는 어쩌면 조금 덜 풍성했을지도 모릅니다.

제비꽃은 개미가 좋아하는 물질을 씨앗에 붙여 둡니다. 그러면 개미는 그 씨앗을 통째로 물고 자신의 집으로 가져갑니다. 개미는 자신들에게 필요한 영양분만 먹은 뒤, 씨앗은 집 밖 쓰레기장에 버립니다. 그곳에는 개미들에게 필요 없는 여러 오물들이 함께 쌓여 있습니다. 그리고 바로 그 자리에서 제비꽃 씨앗은 싹을 틔웁니다. 개미가 버린 오물들은 제비꽃에게 풍부한 양분이 됩니다.

인생을 살다 보면 이처럼 제비꽃과 개미처럼 아무런 관계가 없어 보이는 만남, 혹은 너무 사소해 보이기에 대수롭지 않게 지나쳐 버리는 만남들이 많습니다. 그러나 그 속에서 큰 깨달음을 얻는 사람이 있습니다.

너무도 유명한 원효 대사의 일화에서 알 수 있듯이, 원효 대사의 가장 큰 스승은 보잘것없어 보였던 해골바가지였습니다. 만약 원효 대사가 그 만남을 그저 운 나쁜 우연쯤으로 치부해 버렸다면 어찌 되었을까요. 아마 오늘날 우리가 기억하는 한국 불교의 큰 별, 원효 대사는 존재하지 않았을 것입니다.

그러나 원효 대사는 소소함 속에 깃든 진리를 볼 줄 아는 사람이었습니다. 그는 해골바가지와의 마주침 속에서 자신의 마음속 어리석음을 발견했고, 그 깨달음을 발판 삼아 삶을 더욱 깊이 정진해 나갔습니다.

사람들은 대개 삶을 송두리째 바꾸어 놓을 만한 획기적인 변화를 기대하며, 그런 변화를 가져다줄 특별한 만남을 기다립니다. 그러나 인생이 단번에 뒤바뀌는 일은 그리 흔하지 않습니다. 그래서 일상 곳곳에 흩어져 있는 진귀함을 알아보지 못한 사람들은, 큰 인연을 만나지 못한 채 세월만 흘려보냈다고 한탄합니다.

하지만 실상 그들은 이미 수천수만 번의 큰 인연과 마주쳤습니다. 다만 그것이 인연인 줄 알아보지 못했을 뿐입니다.

일체 모든 중생에게는 성불이 있다.

성철 스님의 이 말씀에서 중생은 사람만을 가리키지 않습니다. 성불한 부처님도, 미혹한 중생도, 냇물과 바람도, 뒤뜰 담벼락 밑에서 졸고 있는 강아지까지 이 땅 위에 존재하는 모든 것을 뜻합니다. 그리고 성불은 깨달은 이에게나 그렇지 못한 이에게나 많고 적음 없이 동일합니다.

이 말씀에서 알 수 있듯, 우리 주변에 있는 모든 존재는 존귀합니다. 그 존귀함과 조금이라도 연을 맺고, 나쁜 마음으로 대하지 않는다면 그것은 언젠가 반드시 큰 덕이 되어 돌아옵니다. 모든 중생에게는 성불이 있고, 모든 존재는 서로 연결되어 있습니다. 성불을 간직한 모든 것은 부처가 될 씨앗을 지니고 있기에, 서로가 서로의 스승이 되어 우리의 삶을 밝혀 주는 등불이 됩니다.

흐드러지게 피어 있는 꽃과의 즐거운 만남도, 코끝을 간질이며 스쳐 가는 바람과의 인연도 모두 소중합니다. 방금 지나간 그 바람이, 어쩌면 고향에 계신 노모의 더운 땀을 식혀 주는 은인이 될지도 모릅니다.

모든 연은 소중합니다.

눈 깜빡이는 사이 흘러가 버리는 그 모든 만남, 그리고 그 만남이 남기고 간 자리 하나하나가

모두 귀하고 또 귀합니다.

순결함으로 사귀는 벗

친구를 사귀되 내가 이롭기를 바라지 마라.
내가 이롭고자 하면 의리를 상하게 되나니,
그래서 성인이 말씀하시되
순결함으로써 사귐을 길게 하라 하셨느니라.

『보왕삼매경』

해질 무렵이면 동네 굴뚝마다 뽀얀 연기가 피어오릅니다. 구수한 밥 냄새가 골목을 채울 즈음이면, 벗의 이름을 애타게 부르는 어머니들의 목소리가 여기저기서 들려옵니다.

구슬치기에 빠져 있던 아이들은 그제야 주섬주섬 자리에서 일어납니다. 그토록 치열하던 승부의 세계는 한순간에 무너지고, 아이들은 천진난만한 얼굴로 인사를 나눈 뒤 각자의 집을 향해 달려갑니다.

그렇게 모두가 하나둘 사라지고 나면, 마지막까지 팽팽하던 접전 끝에 얻어낸 왕구슬 하나만 운동장 한가운데 덩그러니 남습니다. 그렇게도 갖고 싶었던 왕구슬을 손에 쥐었지만, 어둑해진 운동장을 홀로 나서는 발걸음에는 좀처럼 흥이 나지 않습니다. 구슬 대신 실한 돌멩이 하나에도 기뻐하며 웃고 떠들던 벗들이 사라졌기에, 마음 한구석이 괜스레 서글퍼지는 것입니다.

유년의 시절을 아름답고도 애잔하게 그려낸 것으로 유명한 작가 박완서는 어린 시절의 추억을 '사금파리' 같다고 했습니다. 사금파리는 사기그릇이 깨져 생긴 자잘한 조각입니다. 하찮아 보이는 그 조각도 햇살을 받으면 눈부신 빛을 반사하여, 일렁이는 물결처럼 반짝입니다.

어린 시절은 세계의 모든 것이 그렇게 신비롭게 빛나던 시간입니다. 그리고 그 세계에 반응하던 마음 또한 섬세하고 예민하여, 작은 것 하나에도 온 힘으로 기뻐하고 슬퍼하던 순수한 열정이 깃들어 있습니다.

유년을 함께 보냈거나, 순수함으로 맺어진 벗이라는 존재는 그래서 더욱 각별합니다. 감정의 벌거숭이가 되어도 부끄럽지 않고, 서로의 기벽이나 말 못 할 환경을 장애로 삼지 않습니다. 벗이란 있는 그대로의 모습을 아무런 계산이나 편견 없이 받아들이는 사이입니다.

어린 시절 소중한 벗을 만났음에도 얕은 마음이나 사소한 미움으로 떠나보내 버린다면, 어른이 되어 평생을 두고 후회하게 될지도 모릅니다. 한 번 멀어진 마음은 처음과 같은 자리로 쉽게 돌아오지 않고, 나이가 들수록 순수함으로 벗을 사귀는 일은 더욱 어려워지기 때문입니다.

법정 스님은 벗을 두고 이렇게 말씀하셨습니다.

> 말이 없어도 모든 생각과 소원과 기대가 소리 없는 기쁨으로 교류되는 사이.

법정 스님과 이해인 수녀님의 우정을 떠올려 봅니다. 이들은 유년을 함께 보낸 옛 벗은 아니지만, 그 우정에는 아이 같은 마음이 고스란히 배어 있습니다. 그래서 종교도, 성별도, 나이도 이들 사이에서는 아무런 문제가 되지 않습니다. 편견을 내려놓은 두 사람은 서로의 순수한 열정에 기꺼이 공감하며 마음을 나눕니다.

『열자』의 「탕문편」에는 백아절현이라는 이야기가 전해집니다.

초나라 사람이었으나 진나라에서 고관을 지낸 거문고의 명인 백아에게는, 그의 음악을 깊이 이해해 주는 종자기라는 벗이 있었습니다.

백아가 거문고로 높은 산을 그리면 종자기는 말했습니다.

"태산처럼 웅장하여 하늘 높이 우뚝 솟은 음색이로구나."

또 백아가 거문고로 큰 강을 표현하면 종자기는 이렇게 응수했습니다.

"도도하고 거침없이 흐르는 강물의 기세가 마치 황하 같구나."

종자기는 백아가 무엇을 노래하고 있는지를 정확히 알아보는 사람이었습니다. 두 사람은 거문고가 들려주는 소리를 통해 서로의 마음을 진실하게 나누는 벗이었습니다. 그러나 종자기가 병으로 갑자기 세상을 떠나자, 백아는 깊은 슬픔에 잠겨 그토록 아끼던 거문고 줄을 스스로 끊어 버리고, 죽을 때까지 다시는 거문고를 켜지 않았다고 합니다.

백아와 종자기는 거문고라는 매개를 통해 서로의 깊은 속마음을 나누던 순수한 사이였습니다. 자신의 진심을 알아주는 이가 사라지자, 음악조차 무의미해질 만큼 커다란 상실을 겪은 것입니다. 이처럼 진정한 벗이란 순수한 열정으로 맺어진 관계입니다. 진심을 나눌 수만 있다면, 비록 유년 시절에 만나지 않았더라도 그때의 순수를 되살려 주어 어린 시절의 벗처럼 느껴집니다.

세월이 흘러 귀밑머리가 눈처럼 희어지고 얼굴에 세월의 고랑 같은 주름이 패여도, 벗은 여전히 푸르고 싱싱합니다. 세상살이의 고됨에 한숨짓다가도, 벗과 마주 앉는 날이면 어느새 곰살맞은 웃음이 슬며시 터져 나옵니다.

흐르는 중에 머무는
순간과 같은 만남

인연이 잠깐 모였을 뿐, 아무것도 주인이 없는데

낱낱이 분석해 본들 그 무엇이 '나'인가.

그런데 중생들이 제멋대로 옳고 그름을 헤아려

굳이 다투는 것은 저 어리석음과 다름이 없다.

『백유경』

고향 마을 시냇가에는 꼭 하나씩 있는 것이 있습니다. 어디서 골라다 놓았는지 저마다 다른 모양새를 지닌 징검돌들이 일렬로 놓인 징검다리입니다. 복숭아뼈 언저리에서 찰랑거리는 냇물의 깊이는 그리 두렵지 않지만, 그렇다고 무작정 건널 수 있을 만큼 얕지도 않습니다. 매번 발목을 걷어붙이거나 옷자락을 적셔야 하기에, 징검다리는 멀리 돌아가는 수고를 덜어 주고 신발과 양말을 벗는 번거로움을 대신해 줍니다.

그러나 장마가 들면 사정은 달라집니다. 징검돌이 물살에 휩쓸려 떠내려가기도 하고, 불어난 물이 징검다리 위를 훌쩍 넘기도 합니다. 이럴 때는 어쩔 수 없이 먼 길을 돌아가거나, 물속을 헤치며 건너야 합니다. 간혹 어린아이들은 어른의 목말을 타고 냇물을 건너는데, 잔뜩 찌푸린 날씨 속에서도 아이의 얼굴만은 유난히 밝습니다. 무엇이 그리 신나는지, 그 맑음이 도리어 주변을 환하게 만듭니다.

언제 그랬냐는 듯 궂은 날씨가 물러가고, 아이의 얼굴처럼 화창한 날이 오면 졸졸 흐르는 냇물 사이로 징검다리는 다시 모습을 드러냅니다. 물살에 떠밀려 가 빈 자리에 새로 놓인 징검돌과, 끝내 자리를 지켜 낸 옛 징검돌이 어우러진 징검다리입니다.

사람들은 흔히 세상살이에서 사람을 믿을 수 없다고 말합니다. 그러나 그것은 자신과 타인을 깊이 성찰하지 못한 데서 비롯된 오류일지 모릅니다. 그리고 궁극적으로 바라보아야 할 곳이 아닌, 엉

뚱한 지점을 보고 있기 때문에 생겨나는 판단이기도 합니다.

지류에 휩쓸려 떠내려가는 징검돌이 있는가 하면, 물살을 견디며 단단히 자리를 지키는 징검돌도 있습니다. 그리고 그 돌들이 모여 하나의 징검다리를 이룹니다. 냇가 한가운데 아무리 굳건한 징검돌 하나가 있다 한들, 다른 징검돌이 없다면 그것은 징검다리가 될 수 없습니다. 더구나 징검돌과 징검돌을 진정으로 가치 있게 만드는 것은, 그 사이를 쉼 없이 흐르고 있는 물길입니다.

법정 스님은 사람을 가리켜 끊임없이 흘러가며 변화하는 존재라고 말씀하셨습니다. 사람은 언제나 같을 수 없기에, 누군가를 함부로 비난하고 단정해서는 안 된다고 하셨습니다. 우리가 누군가를 판단하는 일은, 낡은 자로 현재의 그 사람을 재는 것과 같다고도 하셨습니다. 그 사람 안에서 어떤 변화가 일어나고 있는지는 외면한 채 말입니다.

나 역시 실수와 잘못을 저질러 본 사람이면서, 다른 이가 같은 실수와 잘못을 했을 때 이해보다는 미움과 비난이 먼저 치밀어 오를 때가 있습니다. 그래서 법정 스님은, 어떤 사람에 대해 판단을 내릴 때일수록 더욱 신중해야 한다고 하셨습니다. 그는 이미 다른 사람이 되어 있을지도 모르기 때문입니다.

사람은 본디 항시 흘러가는 존재입니다. 그 흐름은 때로 좋은 쪽으로 향하고, 때로는 나쁜 쪽으로 기울어지기도 합니다. 설령 누군가가 나쁜 쪽으로 기운 한순간을 보았다 하더라도, 그 사람을 함부로 탓하고 단정해서는 안 됩니다. 그는 다시 흐르고 또 흐를 존재이기 때문입니다.

사람을 바로 보려면, 사람과 사람 '사이'를 보아야 합니다. 그렇게 바라보다 보면 지금 눈앞에 보이는 모습이 곧 그 사람의 실체가 아님을 알게 됩니다. 사람은 고정된 대상이 아니라, 관계와 관계 사이를 흐르며 잠시 머무는 순간의 존재입니다.

징검돌과 징검돌 사이에는 물살이 흐릅니다.

그리고 바로 그 흐름이, 징검돌을 징검다리로 만들어 줍니다.

마지막이 있기에
더 아름다워라

세상 사람은 늙음과 죽음에 삼켜져 버립니다.

그러나 현명한 이는 세상의 이치를 알아 슬퍼하지 않습니다.

그대는 오고 가는 사람의 그 길을 알지 못합니다.

그대는 그 양극을 보지 못한 채,

부질없이 슬피 울고 있을 뿐입니다.

『숫타니파타』

겨울이 되면 하얀 눈이 내립니다. 온 세상이 한순간에 새 옷을 입은 듯 변하는 그 풍경을 오래도록 바라보고 싶지만, 사람들의 발길조차 닿지 않은 갓 내린 눈은 이내 쓸려 사라집니다. 특히 도시에서는 생활에 불편을 준다는 이유로 더 서둘러 치워집니다.

하얀 눈길은 금세 지저분해집니다. 어른의 구둣발에서부터 아장거리는 아이의 신발까지, 그 누구도 예외는 아닙니다. 첫 만남의 순수를 떠올릴 새도 없이 구정물로 변해 버리는 눈이 못내 아쉽습니다. 만약 우리가 눈을 쓸어내는 일이 단지 편의를 위한 행위가 아니라, 그 눈에게 짧지만 아름다운 지상의 마지막을 마련해 주려는 마음에서 비롯된다면 얼마나 좋을까요.

첫 만남을 아름답게 만드는 일은 비교적 쉽습니다. 처음이라는 자리에는 아직 아무것도 덧씌워져 있지 않아, 좋은 것만 골라 담을 수 있기 때문입니다. 그러나 마지막을 아름답게 하는 일은 몹시 어렵습니다.

마지막에는 이미 수없이 많은 기억과 감정이 겹겹이 쌓여 있기 때문입니다. 처음의 아름다움이 각자의 편견으로 빚어진 착각으로 변하지 않도록, 마지막에 담긴 것들이 오해와 미움으로 채워지지 않도록 우리는 조심스레 마음을 쓸어야 합니다. 그 많은 것들이 제자리를 찾아가도록 하기 위해서라도, 우리는 늘 마지막을 생각하며 살아야 합니다.

흘러가는 인생에서 '마지막'이라는 말만큼 낯설고 두려운 말이 또 있을까요. 그러나 마지막 바로 뒤에 새로운 시작이 이어진다는 사실을 떠올리면, 그 두려움은 조금 누그러집니다. 마지막이 있기에 우리는 삶을 함부로 흘려보내지 않으려 애쓰고, 다가올 내일을 위해 오늘을 가다듬습니다. 그러므로 희망의 시작을 맞이하기 위해서라도, 마지막은 더욱 아름답게 준비되어야 합니다.

영미 문학가 오 헨리의 작품 가운데 특히 많은 사랑을 받아 온 단편 「마지막 잎새」가 있습니다. 이 이야기가 오래도록 읽히는 이유는, 마지막이 지닐 수 있는 숭고한 아름다움을 깊이 있게 그려 내었기 때문일 것입니다.

이야기의 주인공 존시는 폐렴을 앓는 가난한 화가입니다. 그녀는 창밖의 담벼락에 붙은 잎새를 세며, 그 잎이 모두 떨어지면 자신도 죽을 것이라 믿습니다. 존시가 사는 집 아래층에는 베어만이라는 늙은 화가가 살고 있습니다. 사십여 년을 무명으로 살아온 베어만의 평생 소망은 단 하나, 걸작을 그려 내는 일이었습니다.

어느 날 밤, 비바람이 거세게 몰아칩니다. 존시는 잎새가 모두 떨어졌을 것이라 여기며 죽음이 찾아왔다고 생각합니다. 그러나 이튿날 아침, 창문을 연 존시의 눈에 담벼락에 붙은 잎새 하나가 들어옵니다. 다음 날에도, 그다음 날에도 잎새는 그대로 그 자리에 있습니다. 그 잎새를 바라보며 존시의 병세는 놀라울 만큼 호전됩니다.

존시가 완쾌될 즈음, 베어만 노인이 폐렴으로 세상을 떠났다는 소식이 전해집니다. 그리고 존시는 자신이 보았던 마지막 잎새가 폭풍우가 몰아치던 밤, 베어만 노인이 생명을 걸고 그려 낸 그림이었다는 사실을 알게 됩니다.

법정 스님은 떠남의 자세에 대해 자주 말씀하셨습니다. 떠남은 끝이 아니라 새로운 만남으로 이어지기에, 떠날 때는 그냥 떠나는 것이 아니라 버리고 떠나야 한다고 하셨습니다. 크게 버릴수록 크게 얻고, 적게 버리면 적게 얻으며, 어중간하게 버리면 어중간하게 얻는다고도 하셨습니다.

오 헨리의 「마지막 잎새」가 주는 깊은 감동은 바로 이 말씀과 맞닿아 있습니다. 베어만 노인이 남긴 마지막 잎새는 그의 평생 소망이던 걸작이 되었고, 삶을 포기하려던 존시에게는 다시 살아갈 희망의 빛이 되었습니다. 그는 자신의 꿈과 열망, 인간에 대한 사랑을 남김없이 잎새 하나에 쏟아 부었습니다. 죽음을 예감하는 순간에도, 그는 비워짐과 동시에 따뜻한 온기로 채워지는 경험을 했을 것입니다.

아름다운 마지막은 언제나 새로운 만남과 새로움을 불러옵니다. 마지막이 있기에 삶은 더욱 빛나고, 우리는 오늘을 더 정성스럽게 살아갈 수 있습니다. 모두가 기쁠 수 있는 만남이 이루어지고, 그 만남이 마지막까지 아름다움으로 이어지기를 바라봅니다.

6장

지혜가 고요에 깃들었음을
기뻐하십시오

침묵에 담긴 진실을
통찰하는 사람

비구는 마땅히 입을 지키어

말이 적고 무겁고 또 부드러워서

법의 뜻을 그 속에 나타내 보이면

그 말은 반드시 달고 맛나다.

『법구경』

만약 자연에서 길을 잃고 헤매는 이가 있다면, 너무 당황하지 말라고 말해 주고 싶습니다. 아랍의 속담에 "불안은 영혼을 잠식한다."는 말이 있습니다. 사람이 불안으로 평정심을 잃는 순간, 일은 그때부터 틀어지기 시작합니다. 가까이 다가와 있던 해결의 길은 보이지 않게 되고, 자신을 잃은 채 검은 안개 속을 헤매게 됩니다.

자연을 떠올려 보십시오. 자연 안에서는 모든 방향이 곧 길이 됩니다. 자연처럼 내면의 고요한 소리에 초점을 맞추어, 멀리도 보고 가까이도 보며 관조하듯 살펴보십시오. 명상과도 같은 그 시간 속에서, 여러분은 나 자신에게로 향하는 길도, 타인의 마음으로 이어지는 길도 발견하게 될 것입니다.

산속은 고요합니다. 사방에서 소리가 넘쳐나는 도시와 달리, 산중의 고요 속에서는 자신의 숨소리마저 또렷하게 들립니다. 그 고요함이 처음에는 두려울지도 모릅니다. 그러나 가만히 귀를 기울이고 둘러보면, 자연이 그 어떤 곳보다도 생기 넘치는 공간임을 곧 알게 됩니다.

바람에 흔들리는 나뭇잎의 소리, 높은 가지에서 들려오는 알 수 없는 새소리, 구름이 자리를 옮기는 모습, 생명을 잉태하며 몸을 뒤트는 붉은 흙의 기척, 조용한 산길을 걸을 때 울리는 발자국 소리까지, 고요 속에는 수많은 생의 소리가 깃들어 있습니다.

도심을 걷다 보면 참으로 많은 소리를 마주하게 됩니다. 자동차의 경적, 텔레비전 소리, 가게에서 흘러나오는 유행가, 사람들의 잡담이 쉴 새 없이 이어집니다. 그처럼 소리가 넘쳐나는 가운데서도, 사람들은 귀에 이어폰을 꽂고 또 다른 소리를 찾습니다.

소리가 넘쳐난다는 것은, 그만큼 마음의 공허함도 크다는 뜻일지 모릅니다. 사람들은 자신을 이끌어 줄 진리의 말을 찾아 헤매며, 현란한 소리에 매혹되었다가 이내 실망하고, 다시 다른 소리를 만들고 또 찾습니다.

성철 스님은 수행의 태도로 다섯 가지를 강조하셨는데, 이를 수좌오계라 합니다. 그중 하나가 바로 침묵입니다. 스님은 벙어리처럼 지내며 잡담하지 말 것을 거듭 당부하셨습니다.

"말은 수행의 큰 장애이니, 오 분 동안의 이야기가 하루 동안 쌓은 마음 집중의 공을 무너뜨린다."고 하셨습니다.

입을 여는 순간, 공부가 끊어진다는 뜻입니다.

또 불성에는 두 가지 태도가 있으니, 하나는 법에 대해 말하는 것이고, 다른 하나는 거룩한 침묵을 지키는 것이라 하셨습니다. 여기서 말하는 침묵은 단순한 조용함이 아닙니다. 스님은 "적寂과 조照가 쌍류雙流하면 심성心性을 철견徹見한다"고 하셨습니다. 고요함과 비춤은 함께 흐른다는 뜻입니다. 구름이 걷히면 햇빛이 비치고, 햇빛이 비친다는 말은 곧 구름이 걷혔다는 말과 다르지 않습니다. 모든 망상이 사라졌다는 것은 곧 지혜와 광명이 드러났다는 뜻입니다.

고요하기만 하고 비추지 못한다면 그것은 돌멩이나 나무토막과 같고, 비추기만 하고 고요하지 못하다면 들뜬 상념에 지나지 않습니다. 고요와 비춤이 함께할 때에야 비로소 참된 통찰이 이루어집니다.

수많은 소리 가운데 가장 거룩한 소리는 침묵입니다. 말을 하지 않는다는 것은 단순한 정적이 아니라, 사물의 본성을 꿰뚫어 보는 힘을 기르는 일입니다. 침묵 속에서 사물의 본성에 다가가다 보면, 그 안에 깃든 불성을 밝히는 단계에 이르게 될 것입니다.

민족 지도자인 도산 안창호 선생은 고아한 품성과 태도로 많은 이들의 존경을 받았습니다. 그는 말과 행동의 일치를 특히 강조했지만, 사실을 말하려다 도리어 진실에서 멀어지는 경우가 있음을 또한 잘 알고 있었습니다. 그래서 그럴 때에는 예외적으로 말하지 않는 선택을 권했습니다. 될 수 있으면 거짓을 말하기보다 가만히 있는 것이 더 낫다고 하셨습니다.

사실을 밝히는 데에도 때가 있고, 누군가의 잘못 앞에서 잠시 기다려 주는 편이 더 옳을 때도 있습니다. 내가 진실이라 믿었던 것이 오해로 드러나는 경우도 있습니다. 진실을 말한다고 나섰지만, 실은 자신의 공명심을 채우려는 마음에서 비롯된 말일 때도 많습니다. 때를 잘못 택한 발언은 끝없는 변명을 낳고, 결국 후회로 돌아옵니다.

도산 선생이 강조한 '가만히 있음'은 회피나 도망이 아닙니다. 그 침묵에는 진실을 꿰뚫어 보려는 통찰과, 스스로를 돌아보는 반성이 담겨 있습니다.

침묵은 진중하고 무겁습니다. 마음 깊은 곳에 가라앉아 우리 삶의 균형을 잡아 주는 지혜를 전해 줍니다. 침묵은 수많은 소리 속에서 우리가 끝내 배워야 할 가장 거룩한 언어이며, 보이지 않는 손길로 삶의 허기를 채워 줍니다.

향기로운 눈빛으로 말하다

사람마다 한 권의 경전이 있는데
그것은 종이나 활자로 된 것이 아니다.
펼쳐 보아도 한 글자 없지만
언제나 환한 빛을 발하고 있네.

『불경』

사람과 사람이 이야기를 나눌 때 가장 많이 마주하게 되는 것은 눈입니다. 우리는 입으로 말을 하고 귀로 그 말을 듣지만, 눈은 말이 다 전하지 못한 이야기를 조용히 건넵니다.

세상에는 유난히 눈이 곱고 맑은 사람들이 있습니다. 그들의 눈이 아름다운 까닭은 크기나 속눈썹의 길이에 있지 않습니다.

눈이 곱다고 느껴지는 사람은, 눈빛이 아름다운 사람입니다. 그 눈빛 속에는 시원한 폭포수가 흐르고, 저 멀리 하늘로 비상하는 학이 있습니다. 무엇보다도 그 눈빛에는 향기로운 언어가 담겨 있어, 마주한 이의 마음까지 맑게 하고 신뢰를 전해 줍니다.

눈의 빛은 어디에서 비롯되는 것일까요. 아마도 마음일 것입니다. 요란한 소리보다 매서운 눈빛에 더 쉽게 제압당하는 까닭은, 그것이 단단한 마음의 언어이기 때문입니다.

마음의 언어와 말의 언어 사이에는 큰 차이가 있습니다. 말의 언어가 들뜬 소리라면, 마음의 언어는 깊이 가라앉은 소리입니다. 말의 언어가 순간적으로 만들어진다면, 마음의 언어는 오랜 시간 쌓이고 쌓여야 비로소 이루어집니다. 말의 언어가 타인을 비난하기 쉬운 소리라면, 마음의 언어는 자신을 돌아보게 하는 소리입니다. 밖으로 뱉어진 말의 언어는 세상을 떠돌지만, 마음의 언어는 언제나 고유한 울림으로 자신 안에 머뭅니다.

법정 스님은 소리에 관해 많은 말씀을 남기셨습니다. 그중에서도 '자기 안에 잠재된 소리'에 대한 가르침이 있습니다.

스님은 "우리는 안에 있는 것을 자꾸 밖에서 찾는다"고 하셨습니다.

침묵은 어떤 특정한 공간이나 시간에만 있는 것이 아니라, 이미 우리 안에 내재해 있다는 뜻입니다. 침묵 속에는 진실이 담겨 있습니다. 중생 안에 본래 성불이 깃들어 있듯, 우리 안의 침묵의 공간에도 진리가 들어 있습니다.

그래서 스님은 바깥을 향해 분주해지기보다, 안으로 안으로 들여다보기를 강조하셨습니다. 그렇게 자신의 내부에 귀를 기울이다 보면, 침묵을 캐낼 수 있다고 하셨습니다. 이 마음 밭에서 길어 올린 소리는, 자신의 질서를 회복하고 삶을 정화하는 가장 빠른 길이 된다고 하셨습니다.

마음의 언어는 소리나 글자로 표현된 말보다 더 위대한 스승이 될 수 있습니다. 그 마음의 언어가 들려주는 깊고 단단한 세계의 울림은, 한 사람의 삶의 방향을 바꿀 만큼 크기 때문입니다.

법정 스님 역시 그런 스승의 소리를 만난 적이 있다고 하셨습니다. 모든 위대한 만남이 그러하듯, 뜻밖의 자리에서 우연히 스쳐간 순간이었습니다. 어느 날 스님이 산길을 걷고 계실 때, 한 수녀님이 맞은편에서 지나가고 있었습니다. 두 사람의 눈길이 잠시 마주친 그 순간, 스님은 온몸에 전율 같은 것이 일어났다고 회고하셨습니다.

그 수녀님의 눈빛은, 모든 마음의 언어가 그러하듯 오랜 세월 길들여진 침묵의 눈이었습니다. 밖으로 흩어지는 들뜬 눈이 아니라,

안으로 다스려진 수행자의 맑고 고운 눈이었습니다.

법정 스님이 말씀하신 수행자의 눈은 안으로 열려 있습니다. 그래서 내면의 길을 통해 사물과 현상 너머까지도 바라볼 수 있습니다. 스님은 때때로 그 수행의 눈, 곧 수녀님의 눈빛을 떠올리며 자신의 마음을 맑게 정화한다고 하셨습니다.

수행자의 눈길, 다시 말해 마음의 언어는 이처럼 한 사람의 세계를 따뜻하게 감싸 안을 만큼 넉넉합니다. 그러나 그 넉넉함은 가벼운 것이 아닙니다. 수행자의 맑은 기운은 차갑고 고요한 새벽의 기운처럼 우리를 각성시키며, 내면을 더욱 투명한 자리로 이끕니다.

내면으로 깊이 침잠하여 끝이 없을 것 같은 세계의 질서를 바로잡고 굳게 세우는 마음의 언어는 강합니다. 마음의 맑은 소리는 공기의 진동을 빌리지 않고, 눈이라는 창을 통해 빛으로 발설됩니다.

침묵을 통해 삶의 진실을 알아차리게 되면, 내면에는 서서히 사랑의 빛이 차오릅니다. 그리고 가득 찬 그 사랑의 빛은 맑은 눈을 통해 주변으로 퍼져 나가, 수행자의 고요한 기운이 깊고 은은한 향내처럼 번지며 깨우침을 전합니다.

사자후 너머의 깨달음

어리석고 지혜로운 이가 함께 모여 있는데

말하지 않으면 그 지혜를 누가 알리.

지극히 고요한 길을 잘 설명하면

지혜로운 사람은 그 말 따라 분별하리.

『아함경』

황금빛 털을 휘날리는 사자는 자신과 닮은 금빛 대지의 왕이라 불립니다. 그가 모습을 드러내면 토끼들은 귀를 세우고 멀리 달아나며, 새 떼들은 하늘로 흩어집니다. 이처럼 모든 생명들이 사자의 구역을 벗어나고 나면, 그의 곁에는 땅과 하늘과 바람만이 남습니다.

태초의 위엄으로 만들어진 절대의 고독 앞에서 사자는 울지 않습니다. 그는 그 고독에 순응한 채, 거침없이 펼쳐진 세상을 묵묵히 응시합니다. 그리고 마침내 천지를 뒤흔드는 소리로 부르짖습니다.

사자의 호령에 꿈결처럼 헤매던 지상의 것들이 잠에서 깨어납니다. 이것이 사자후獅子吼입니다. 최초의 열변을 마친 사자는 다시 고요 속으로 침잠합니다. 긴 시간이 흘러 지상을 떠나야 할 때가 오면, 그는 한 번 더 부르짖습니다. 최후의 소리를 다한 사자는 더욱 깊은 고독으로 들어갈 것입니다.

사자후는 『전등록』에 나오는 말로, 진리나 정의를 당당하게 설파하는 일, 혹은 크게 열변하는 일을 비유합니다. 『전등록』에는 부처가 태어나자마자 한 손으로 하늘을 가리키고 한 손으로 땅을 가리키며 일곱 걸음을 걷고 사방을 둘러본 뒤,

천상천하 유아독존天上天下 唯我獨尊,
우주 가운데 나보다 존귀한 이는 없다.

 6장 지혜가 고요에 깃들었음을 기뻐하십시오

이렇게 외치며 사자후와 같은 소리를 냈다고 기록되어 있습니다.

또 『유마경』에는 "석가모니의 설법은 사자가 부르짖는 것과 같고, 그 해설은 우레가 울려 퍼지는 것 같아, 청중들의 마음을 사로잡았다"고 전합니다.

1965년, 10년간의 동구불출洞口不出을 마친 성철 스님은 그해 겨울 대중을 향해 최초의 설법을 하셨습니다. 김용사 큰방에서 스무날 남짓 이어진 법문에는 백여 명이 넘는 사람들이 모였고, 이 강연은 '운달산 법회'로 불렸습니다. 당시로서는 드물게 참석했던 몇몇 대학생들은 스님의 제자가 되기도 했습니다. 그만큼 스님의 용맹한 법문은 많은 이들을 사로잡았습니다.

성철 스님은 엄격한 수행과 선승 특유의 호방한 기백으로 널리 알려져 있었습니다. 평소 깊은 수행 속에서 홀로 지내며 사람들과의 어울림을 멀리하셨지만, 그 긴 침잠의 시간 속에서 얻은 깨달음을 대중과 나누고자 했습니다. 그렇게 길고 긴 고독을 깨고 밖으로 나온 스님의 법문은 세계가 깊고 방대하여 많은 이들에게 큰 울림을 주었습니다. 이것이 스님의 최초의 사자후입니다.

성철 스님의 최후의 사자후는 열반 직전에 남긴 말씀, 곧 열반송입니다. 시대를 넘어 정신적 스승으로 기억되는 스님이 절대의 고독으로 들어가기 전 남긴 이 시는, 불자들뿐 아니라 세간의 사람들에게도 깊은 화제를 불러일으켰습니다.

일생 동안 남녀의 무리를 속여서
하늘에 찬 죄업은 수미산을 지나치고,
산 채로 무간지옥에 떨어져
그 한이 만 갈래나 되는데,
둥근 수레바퀴 하나 붉음을 뿜으며
푸른 산에 걸렸도다.

　이 열반송에는 해탈의 길을 끝내 다 이루지 못한 수행자로서의 회한이 담겨 있습니다. 평생 진리를 구하며 중생들에게 지혜와 위로를 전하고도, 스님은 끝내 자신을 부끄러워했습니다. 평소의 추상같은 기백과 끊임없는 정진을 알고 있던 이들에게, 이 최후의 사자후는 오히려 더 큰 깨달음으로 다가왔습니다. 스님은 마지막 가시는 길까지도 크나큰 지혜를 세상에 남기고, 더 깊은 침묵 속으로 고이 들어가셨습니다.

　성철 스님의 최초와 최후의 사자후가 많은 이들의 마음을 울리는 까닭은, 그 소리가 진리를 향한 긴 침묵 속에서 길어 올려졌기 때문입니다. 비록 말로 설해졌으나, 그 사자후는 침묵의 그림자였습니다.

지혜로 가득 찬
연못

모자라는 것은 소리를 내지만
가득 찬 것은 아주 조용하다.
어리석은 자는 반쯤 물을 채운 항아리 같고
지혜로운 이는 가득 찬 연못과 같다.
『날라까의 경』

모든 것이 풍요로운 가을이 오면, 나무에는 화사하고 넉넉한 잎들이 잔뜩 달립니다. 절로 찾아온 새들의 노래가 밤을 수놓고, 시원한 그늘 아래는 늘 왁자지껄합니다. 그러나 풍요의 정점이 지나면, 나무에 매달려 있던 잎들은 하나둘 제 자리를 떠나기 시작합니다.

잎이 진 나무에는 더 이상 울창한 그늘이 없습니다. 오랜 시간 함께하던 새들도 이내 저 먼 곳으로 날아가 버립니다. 나무는 떠나간 옛 벗을 따라가 볼까 잠시 망설입니다. 그러나 자신을 온전히 세우기 위해 땅속 깊이 뿌리내리기까지 겪어야 했던 지난한 시간을 떠올리며, 그저 그 자리에 남아 있기로 합니다. 뿌리가 곤히 자라도록, 말없이 견디기로 합니다.

달콤한 과실 맛에 이끌려 개미 한 마리가 나무 아래를 기웃거리다, 이내 빈곤해진 풍경을 알아채고는 쏜살같이 사라집니다. 바스락거리던 나뭇잎 소리마저 자취를 감추면, 숲은 점점 고요해집니다.

모두 떠나고 남은 나무의 빈 몸은 달빛에 젖어, 앙상한 가지들이 빛 속으로 두둥실 떠오릅니다. 더는 내보일 것도 숨길 것도 없는 나무는, 오히려 그 앙상함으로 더욱 용감하게 기지개를 켭니다.

법정 스님은 평소 바깥의 소리에 대해 각별한 주의를 기울이라고 당부하셨습니다. 밖에서 들려오는 소리는 반드시 선별해 받아들여야 하며, 그렇지 않으면 자신의 삶을 스스로 살지 못하고 타인의 의지에 끌려 다니게 된다고 하셨습니다. 우리가 조용히 자신을 관찰할 기회를 갖지 못하는 까닭은 외부의 소음 때문이며, 그 소음에 중독된 사람들은 끝없이 새로운 소리를 찾아 헤매게 된다고 하셨습니다.

스님은 바깥의 소음에서 벗어나기 위해서는 먼저 '자신의 소리'를 알아야 한다고 하시면서, 우리는 불필요한 말을 쏟아내고, 의미 없는 말을 남발하며 살아간다고 하셨습니다. 그래서 스님은 우리에게 '적게 말할 것'을 당부하셨습니다. 인간답게 살다 간 역사 속의 위인들은 하나같이 고독한 사람들이었으며, 시끄러운 세상에 자신의 소리까지 보태지 말라고 거듭 일러 주셨습니다.

자신의 소리를 알지 못하고 찾지 못한 사람들은, 어떻게 살아야 할지 몰라 불안에 흔들리고 현실에 휘둘립니다. 무너져 가는 자신을 붙잡아 줄 말을 찾아 헤매다, 악惡의 언어에 매달리기도 합니다. 그것이 삶을 파괴로 몰고 간다는 사실을 알면서도, 잠시 고통을 마취해 준다는 이유로 그 거짓을 쉽게 버리지 못하는 것입니다.

법정 스님은 말이 제대로 여물기 위해서는 고독이 필요하다고 하셨습니다. 옳은 말을 가려낼 수 있도록 지혜의 눈을 밝히라고 하셨습니다. 인간과 인간의 만남에서, 말이 가장 중요한 것은 아니라고도 강조하셨습니다.

불교 경전에서는 말이 적을수록 어리석음이 지혜로 바뀐다고 합니다. 그러나 우리는 넘쳐나는 말의 홍수 속에 살면서, 그 물결에 자신의 말까지 보태고 맙니다.

말을 통해 자신을 과시하고, 말을 통해 상대를 깎아내리며 묘한 만족을 느끼기에, 침묵을 견디지 못하는 것입니다. 주변이 모두 말로 가득한데 혼자 가만히 있으면, 괜히 소외되는 듯한 불안에 침묵의 시간을 흘려보내지 못합니다.

법정 스님에게는 말의 삼감을 풍자로 보여 준 일화가 있습니다. 어느 날 절에 놀러 온 학생들이 스님께 글 한 점을 써 달라고 부탁하자, 스님은 힘 있는 붓놀림으로 '점' 하나만 찍어 건네주셨습니다. 이는 좋은 말이 없어서가 아니라, 진정 좋은 말은 말로 온전히 표현될 수 없음을 전하려는 뜻이었을 것입니다. 그 점을 통해 스스로 깨닫기를 바라셨던 것입니다.

스님은 열반에 앞서 자신이 쓴 모든 책을 절판해 달라고 부탁하셨습니다. 지상에 남긴 많은 말들을 거두어들이고 떠나려는 마음이었습니다. 그러나 우리는 그 사실 자체보다, 스님이 남긴 말의 배경, 곧 우리에게 전하고자 했던 참된 뜻에 귀를 기울여야 합니다.

그 유언이 가리키는 바는 분명합니다. 인간 세상에서 가장 깊은 언어는 '침묵'이라는 사실입니다. 침묵은 전해 주는 언어가 아니라, 각자가 스스로 깨달아야만 얻을 수 있는 언어임을 일러 주는 가르침입니다.

잎을 모두 떨군 나무는 비록 앙상하지만, 가지마다 하늘을 향해 뻗어 오른 기상과 섬세한 결이 숨김없이 드러납니다. 풍성함에 가려져 있던 진실이 오롯이 모습을 드러내는 것입니다. 진정 나무를 알고 싶다면, 모두가 떠나고 잎마저 훌훌 털어낸 겨울 산의 나무와 마주해야 합니다.

이 세상에는 좋은 말이 넘쳐나지만, 깨달음은 언제나 외부가 아니라 내 안에서 옵니다. 아무리 훌륭한 말이 주변에 가득해도, 그것이 내 가슴과 머리를 울리지 못한다면 그저 소음에 불과합니다. 나를 꾸미던 말들이 떨어져 나가고 내면으로 깊이 침잠하는 순간, 더 이상 좋은 말이 필요 없다는 사실을 알게 될 것입니다.

자신 깊숙이 잠들어 있는 뿌리를 찾으십시오. 그러기 위해서는 외부의 소음에 응답하지도, 답하려 들지도 말아야 합니다.

뿌리를 찾지 못하면 생의 진정한 의미와 기쁨을 알 수 없습니다. 자신의 내면에서 뿌리를 발견하는 순간, 말이 진 자리에서 텅 빈 충만이 고요히 빛날 것입니다.

7장

하나로 연결된 우리입니다

내 안에서 빛나는
'한 물건'

음욕보다 더한 불길이 없고 성냄보다 더한 독이 없으며
내 몸보다 더한 고통 없고 고요보다 더한 즐거움은 없다.
굶주림은 가장 큰 병이요 행行은 가장 큰 괴로움이다.
이것을 분명히 알면 가장 편안한 열반이 있다.
병이 없는 것이 가장 큰 은혜요,
만족을 아는 것이 가장 큰 재물이다.
친구의 제일은 후덕함이며,
즐거움의 제일은 열반이다.

「안락품」

도시는 밤이 오기도 전에 갖가지 화려한 네온사인을 휘두릅니다. 밤낮의 경계를 삼켜 버린 도심의 불빛에 이끌려 사람들은 저마다 색색의 빛을 걸치고 더 화려해집니다. 그러나 그들은 곧 더 강한 빛, 더 큰 불빛을 찾아 떠돌며 유색有色의 구별에 다시 목말라 합니다.

한순간도 가만히 있지 못한 채 요동치는 파도처럼, 도시의 무리들은 끊임없이 불안합니다. 이윽고 어둠을 걷어내는 태양이 떠올라도, 빛 가루를 잔뜩 뒤집어쓴 도시의 밤은 늘 불면이라 낮이 되어도 생의 활기는 좀처럼 깨어나지 못합니다.

산촌수곽山村水廓에 밤이 들면, 한밤중이 되기도 전에 집들의 불빛은 차례로 꺼지고 띄엄띄엄한 조명만 남습니다. 산중의 밤은 모든 것을 캄캄한 어둠 속에 잠재웁니다. 어둠에는 가려 줌의 미덕이 있습니다. 어둠이 깃들면 잘남과 못남의 차이가 옅어지고, 나와 너의 구별마저 무의미해집니다. 그렇게 여럿이던 세상은 하나가 되고, 떠돌던 마음은 잠시 멈춥니다.

구별이 사라진 자리에서 나아갈 수 있는 길은 오직 내 안에 밝혀진 세계뿐입니다. 그 길을 따라 정진하다 보면, 어둠 속에서도 볼 수 있는 눈이 생겨나고 어둠보다 더 깊은 어둠으로 세상을 바라볼 힘도 자랍니다.

산중의 달빛은 처음엔 낯설지만, 이내 속세의 불빛이 없어도 충분하다는 사실을 깨닫게 합니다. 달빛에 드러난 세계는 낮과는 다

른 윤기를 품습니다. 내면의 빛을 바로 보고 따르는 이는 일체에 집
착하지 않으며, 밖을 보아도 안을 보는 것처럼 살아갑니다.

밖으로 떠돌며 세상의 온갖 것을 뒤져도 찾지 못한 진리는, 사실
내 안에 있습니다. 성철 스님은 이를 '한 물건'이라 부르셨습니다.
스님은 말씀하셨습니다.

이 한 물건을 바다에 비유하면, 현 세계는 바다 위에 이는 물거품
과 같다고 하셨습니다. 그리고 이 한 물건의 빛은 언제나 우주 만물
을 비추는 절대의 빛이라 하셨습니다.

아무리 작은 중생이라도 이 한 물건만큼은 모두 지니고 있으되,
다만 그것을 깨쳤느냐 깨치지 못했느냐가 다를 뿐이라 하셨습니
다. 이 한 물건은 스스로 깨칠 수 있을 뿐, 전해들을 수도 설명할 수
도 없다고 하셨습니다.

성철 스님은 참된 진리로 가는 길은 오직 이 한 물건을 믿고 공부
하는 데 있다고 하셨습니다. 이를 얻기 위해서는 천하의 부귀를 돌
처럼 여기고, 어떤 일이 있어도 끝내 성취하겠다는 굳은 결심이 필
요하다고 하셨습니다.

다음 생에 금수로 태어날지 지옥에 떨어질지 알 수 없으니, 사람
으로 태어난 이 생애에서 한 물건을 깨치지 못하고 죽는다면 통곡

할 일이라고도 하셨습니다. 그러니 부디 정갈한 몸과 마음으로 힘써 깨치기를 당부하셨습니다.

한 물건은 어지러운 세상에서 궁극적으로 도달해야 할 절대 진리입니다. 그러니 그 길이 쉬울 리 없습니다. 세상에는 밤을 대낮처럼 밝히는 휘황한 빛이 넘쳐나고, 사람들은 밤하늘에 떠오른 수많은 거짓 태양에 휩쓸립니다. 그러나 어둠을 밝히는 참된 빛은 언제나 자신 안에 있으며, 그 안에 바로 한 물건이 있습니다.

멀리서 보면 가로등의 빛은 온화하고 다정하지만, 가까이 다가가면 그 빛을 좇는 날벌레들의 숨 막히는 경쟁이 펼쳐집니다. 찬 새벽이 오면 그들은 지쳐 빈 껍질로 남습니다. 헛된 빛을 따르는 업을 지었으니, 다음 생에 무엇으로 태어날지는 알 수 없는 일입니다.

인간으로 태어나 한마음을 좇을 기회를 얻은 것은 참으로 천상의 인연이라 할 만합니다. 지나가면 돌아오지 않는 것이 시간입니다. 부디 자신 안의 빛으로 서서 진리를 깨우치고, 생의 길을 포기하지 말고 끝까지 걸어가시기를 바랍니다.

모든 허물을
능히 그치면

작은 일에나 큰일에나 모든 허물을 능히 그쳐

마음이 고요하여 어지러움이 없으면 이를 '사문沙門'이라 한다.

죄와 복을 함께 버려 고요히 거룩하고 법다운 행을 닦아

지혜로 세상의 모든 악을 부수면 이를 '비구比丘'라 이름 한다.

「주법품」

얼굴은 하나의 기호입니다. 말을 하지 않아도 눈빛으로 말을 하고, 갖가지 표정 속에서 그 사람의 마음결을 읽을 수 있습니다. 얼굴은 그가 살아온 시간과 마음의 방향을 조용히 드러내는 창과도 같습니다.

아이의 얼굴이 유난히 고운 까닭은 그 순수함 때문입니다. 아이들은 아직 세상의 때에 물들지 않아, 본래 지니고 있는 선한 빛을 잃지 않습니다. 무엇인가를 말할 때에도 꾸밈을 먼저 생각하지 않으며, 설령 거짓말을 했다 하더라도 그 마음에 악의가 없어 곧 부끄러움이 얼굴에 드러납니다. 사진을 찍을 때에도 어떻게 보일지를 계산하지 않기에, 그 해맑음 그대로가 아름다운 표정으로 남습니다.

반면 젊은 시절 눈꽃처럼 고운 얼굴을 지녔던 이라 해도, 탐욕의 여생을 보냈다면 그 아름다움은 한순간에 시드는 꽃과 같을 것입니다. 순수함을 잃은 마음의 빛은 얼굴에 고스란히 반사됩니다. 또 내 안에 '한 물건'이 있듯, 본래 아름다웠던 사람이라도 자신 안의 빛을 잃고 세상에 휘둘리면 생기 없고 자신 없는 얼굴을 갖게 됩니다. 그러니 얼굴은 한 사람의 흥망과 성쇠가 고스란히 담긴 하나의 세계라 할 수 있습니다.

정결한 삶을 살아온 이들의 얼굴에서 우리가 감동을 받는 이유는 그 고요함 때문입니다. 잔잔한 호수처럼 미세한 파동 하나도 일지 않는 마음을 닮은 얼굴이기 때문입니다. 반대로 탐욕에 사로잡힌 얼굴을 마주할 때 가슴이 답답해지는 것은, 그 안에 요동치는 마음의 소요가 그대로 비쳐 보이기 때문일 것입니다.

그러므로 자신을 바라보는 일을 멈추지 말아야 합니다. 내 안에서 욕심과 미움, 편견이 일어나는 것을 발견할 때마다 그 마음을 털어내야 합니다. 그렇게 스스로를 닦아 가다 보면, 마음이 맑아지고 선해지는 만큼 얼굴 또한 서서히 변해 간다는 사실을 깨닫게 됩니다.

성철 스님은 헛된 생각에 사로잡혀 탐욕과 아집의 얼굴을 지닌 중생들에게 참선을 권하셨습니다. 스님은 "망상에 가려 자성自性을 알지 못하지만, 확연히 깨치면 망상이 사라져 자신의 본성인 불성을 보게 된다."고 하셨습니다. 그리고 그 상태를 밝은 거울에 비친 자신의 모습을 환히 보는 것에 비유하셨습니다.

사람들은 이 불안정하고 상대적인 유한의 세계를 벗어나, 절대적이며 영원한 진리의 세계로 들어가기를 희망합니다. 그리하여 많은 이들이 그 세계를 찾아 이리저리 떠돌지만, 유한한 세계에 집착한 채로는 결코 영원의 문에 이를 수 없습니다. 오늘날 종교의 권위가 흔들리는 이유 또한 여기에 있습니다. 현세의 안정을 갈망하는 이들에게 종교가 그 길을 제대로 제시하지 못한다면, 이는 분명 반성해야 할 지점일 것입니다.

부처님께서는 세인들에게 "피안彼岸의 세계는 하늘도 땅도 아닌, 바로 자기 자신에게 있다"고 말씀하셨습니다. 절대적 가치는 먼 곳에 있는 것이 아니라, 이미 우리 안에 있습니다. 다만 번뇌와 망상에 가려 그것을 보지 못한 채, 바깥에서만 진리를 찾고 있을 뿐입니다.

스스로에게 불성이 있음을 믿고 부지런히 닦아 나간다면, 누구나 불성을 성취할 수 있습니다. 불경을 모두 외우는 사람보다 마음속의 부처를 바로 본 사람이 참으로 깨친 사람입니다. 마음을 밝히면 그 안에 초월적이고 절대적인 진리가 드러납니다. 자성을 바로 깨쳐 '산부처'의 길을 걷는 것이 곧 영원한 진리의 길입니다.

세상을 살아가며 수많은 얼굴에서 고통의 흔적을 마주하는 일은 마음 아픈 일입니다. 그러나 그 고통은 외부에서 오는 것이 아닙니다. 절대적 행복이 외부의 물질에 있다고 착각한 헛된 욕심에서 비롯된 것입니다.

세상사 속에서도 한 치의 흔들림 없는 깨끗한 얼굴로 살아가는 일, 그것은 자신 안에 있는 부처를 바로 보는 데서 시작됩니다. 그러기 위해 우리는 끝없이 내면의 세계로 향해 정진해야 할 것입니다.

얻고자 하면
비우라

세상의 모든 것은 헛된 것이라.
구태여 가지려 허덕이지도 않고,
잃었다 하여 번민도 않는 사람이
그야말로 참으로 비구이니라.
「비구품」

우리 조상들이 기거하던 옛집의 창으로는 은은한 달빛이 스며 들어 옵니다. 노란 달빛 사이로 나무의 그림자까지 함께 드리우면, 그 어떤 화백의 그림보다도 깊은 정취가 방 안에 깃듭니다. 이 옛 집의 창은 강렬한 햇빛마저 온화하게 받아들입니다. 자신의 몸으로 그 붉음을 적당히 녹여, 가볍고 투명한 빛살로 방을 가득 채워 줍니다.

바람을 머금을 줄 아는 옛 창문은 굳이 열고 닫지 않아도 자연스럽게 숨을 쉽니다. 여름에는 알맞은 서늘함을 들이고, 겨울에는 아늑한 온기를 불어넣습니다. 빛과 바람을 온몸으로 여과해 주는 이 창은 무엇으로 만들어졌을까요. 다름 아닌 창호지입니다. 창호지는 자신의 몸을 활짝 열어, 들어오는 것은 고요히 받아들이고 나가는 것은 향기롭게 비워 냅니다. 그래서 그가 들어선 집에는 고결한 기운이 머뭅니다.

법정 스님은 평소 비움의 중요성을 거듭 강조하셨습니다. 우리가 참된 진리를 얻고자 한다면, 먼저 비워 내는 수행이 필요하다고 하셨습니다. 삶이 괴로운 까닭은 소유에 집착하는 비이성적인 열정 때문이니, 다가오는 것은 억지로 피하지 말고 받아들이고, 떠나는 것은 붙잡지 말고 보내 줄 줄 알아야 한다고 하셨습니다.

스님은 우리가 참선을 통해 궁극적으로 지향해야 할 삶에 대해서도 말씀하셨습니다. 목표는 풍부한 소유가 아니라 풍성한 존재이며, 삶의 부피가 아니라 삶의 질을 귀하게 여기는 것이 사람다운 삶이라고 하셨습니다. 채우려 애쓰지 말고 비워 내라, 그 빈자리에서 진정한 울림이 메아리친다고 하셨습니다.

자기 안의 참된 불성을 찾아가는 길, 그 구도의 끝은 해탈일 것입니다. 해탈이란 물질과 정신, 밖과 안의 얽매임에서 벗어나 자유로워지는 일입니다.

스님은 심지어 "자신의 종교에서조차 자유로워져야 한다"고 하셨습니다.

어느 하나에도 매이지 않는 텅 빈 의식이 참된 비움이라는 뜻입니다. 비움은 아무것도 없는 상태가 아니라, 무엇을 하되 얽매이지 않는 태도입니다. 진리를 찾고자 종교를 붙들다가 오히려 종교에 집착한다면, 그것은 자유와 진리의 길이 아니라 또 다른 속박이 됩니다.

이 비움을 얻는 참선에 대해 스님은 "우리 안에 이미 불성이 있으니, 따로 참선을 찾아 헤맬 필요는 없다"고 하셨습니다. 다만 일시적인 충동과 변덕, 습관에 휘둘리지 않도록 자신을 맑게 들여다보는 훈련이 필요하다고 하셨습니다. 그렇게 순수하게 집중하고 몰입할 때, 영성과 불성이 스스로 드러난다는 가르침입니다.

비움은 어쩌면 삶의 틈새일지도 모릅니다. 우리는 단단한 형태로 삶을 지탱하며 살아가지만, 빈틈없이 꽉 채우기만 한다면 그 형태는 오래가지 못합니다. 삶은 틈새로 숨 쉬고, 그 틈새에서 우리는 얻고 비우며 정화됩니다.

우리 선조들은 감이 맛나게 익는 가을이 오면, 감나무에 붉은 감

몇 개를 까치 몫으로 남겨 두었습니다. 수확을 마친 뒤에도 감나무에 매달린 그 몇 알의 감은, 사람을 사람답게 만드는 삶의 틈새이자 자연스러운 비움이었습니다.

이처럼 비우고 비우는 참선은 뜻밖의 곳에 있지 않습니다. 특별히 따로 몰입하거나 애써 집중해야만 이루어지는 것도 아닙니다. 일상의 자리에서 자연스럽게 이루어지는 '비움' 그것이야말로 자유로운 피안의 세계로 다가가는 가장 빠른 길일 것입니다.

내 안의 부처를
만나는 일,
삼천 배

한 달에 천 번씩 제사를 드려
목숨이 다하도록 쉬지 않는다 해도
오로지 한 마음으로 법을 생각하는
잠깐 동안에 짓는 그 공덕만 못하니라.
「술천품」

절이란 몸을 굽혀 머리를 바닥에 대는 일입니다. 머리를 땅에 댄다는 것은 자신을 가장 낮추는 행위이면서, 동시에 만물의 존귀함을 우러러보겠다는 다짐이기도 합니다. 우리가 누군가에게 절을 하는 까닭 역시, 존경의 마음을 몸으로 드러내기 위함일 것입니다.

삼천 배는 내 안의 부처를 깨우려는 강력한 의지의 표상입니다. 삼천 배를 마치고 나면 몸은 고단해도 마음만은 오히려 평온해진다고 불자들은 말합니다. 절하는 동안 마음 또한 성불을 향해 온전히 몰입되기 때문일 것입니다.

만약 삼천 배가 너무 버겁게 느껴진다면, 예불 시간의 짧은 절에서부터 시작해 보시기 바랍니다. 처음에는 바라고 구하는 마음으로 올린 절이라 하더라도, 목탁 소리와 스님의 예불 소리를 따라가다 보면 점차 비우고 낮추며 자신을 돌아보는 기도로 바뀌게 됩니다. 그리하여 절을 마치고 불당을 나설 즈음에는, 조금 더 맑아진 마음과 평온을 되찾은 자신을 느끼며 집으로 돌아가게 될 것입니다.

삼천 배와 관련한 성철 스님의 일화는 널리 알려져 있습니다. 스님은 자신을 만나려거든 누구든 삼천 배를 해야 한다고 말씀하셨습니다. 그 원칙에는 예외가 없었고, 역대 대통령에게도 마찬가지였습니다.

성철 스님이 해인사의 큰스님으로 계실 때, 구마고속도로 개통식에 참석하던 박정희 대통령이 해인사에 들른 적이 있습니다. 당시 주지 스님은 성철 스님이 머무시던 백련암으로 올라와 해인사를 소개해 달라고 청했지만, 스님은 삼천 배의 예외를 허락하지 않으셨습니다. 세속의 지위나 부는 스님에게 고려의 대상이 아니었습니다.

이 일화를 두고 사람들 사이에서는 괴짜 스님, 오만한 스님이라는 말까지 오갔습니다. 그러나 이는 삼천 배를 단순히 몸을 숙이는 형식으로만 이해한 데서 비롯된 오해이며, 스님의 뜻을 헤아리지 못한 판단일 것입니다.

성철 스님은 삼천 배를 권하며 이렇게 말씀하셨습니다.

그대들이 오직 나를 보고자 하는 일념으로 삼천 배를 하기를 바라지 않는다.

스님은 승려란 부처를 대신해 중생에게 이익을 주는 사람이라 생각했지만, 자신은 그럴 만한 자격이 없다고 여겼다고 합니다. 그래서 남을 위해 기도하는 삼천 배가 결국 중생에게 가장 큰 이익이 된다고 보았고, 그 뜻에서 삼천 배를 권하셨던 것입니다. 이것이 스님이 자신을 만나려는 이들에게 삼천 배를 행하게 한 연유입니다.

스님은 삼천 배가 처음에는 그저 반복적인 동작으로 시작되지만, 끝까지 마치고 나면 반드시 마음에 변화가 찾아온다고 하셨습니다. 절을 통해 무언가를 체험한 사람은, 그다음부터는 누가 시키지 않아도 스스로 절하게 됩니다. 그리고 그 절은 자신을 낮추는 절에서 남을 위하는 절로 바뀌고, 마침내 남을 위하는 삶으로 이어진다고 하셨습니다.

절은 마음을 한곳에 모으는 가장 적극적인 수행입니다. 절을 통해 우리가 궁극적으로 만나게 되는 것은, 바로 내 안의 부처입니다. 자기 안의 부처를 발견한 이는, 남을 위하는 일이 곧 자신을 위하는 길임을 깨닫게 됩니다. 모든 중생이 하나로 연결되어 있음을 알게 되기 때문입니다.

피안의 세계에 이르고자 하는 이는 마음을 평정시키고 집중하여 성불해야 합니다. 그 길에는 끊임없는 몰입과 자기 성찰이 필요합니다. 그렇게 자신을 지우고, 세계를 지워 마침내 하나의 말씀에 이르러야 합니다.

성철 스님이 생전에 삼천 배를 거듭 권하신 까닭을 우리는 곱씹어 보아야 합니다. 스님에게서 좋은 말씀을 얻어 마음의 평안을 구하려 했던 이들에게, 스님은 삼천 배를 권함으로써 평정은 오직 자기 자신만이 이룰 수 있으며, 그 평정의 자리 안에 이미 자신의 불성이 깃들어 있음을 일깨워 주신 것입니다.

비록 이 시대의 큰스님은 떠나가셨지만, 스님이 남긴 말씀을 깊이 되새기고 삼천 배를 수행한다면, 그 가르침을 바로 곁에서 듣는 것과 다르지 않을 것입니다. 삼천 배는 그 말씀을 가장 바르게 실천하는 길이 될 것입니다.

8장

삼독三毒을 버리면
평화가 있습니다

청정함으로
서로를 살리는 삶

지혜로운 사람 없는 곳에 모임은 없고,

법 아닌 말을 하는 이는 지혜롭지 않네.

탐욕·성냄·어리석음을 모두 끊으면

그는 곧 지혜로운 사람이니라.

「지자경」

✳

　예전에는 어느 마을에나 우물이 있었습니다. 심한 가뭄이 들어도 우물만은 신기하게 마르지 않아, 사람들은 그 물로 타는 갈증을 달랬습니다.

　우물 안에는 늘 물이 고여 있다는 것을 알면서도, 무엇이 그리 궁금한지 아이들은 고개를 빼꼼 내밀고 그 속을 들여다보곤 했습니다. 장난삼아 낙엽이라도 빠뜨리면 마을 어른들의 호된 꾸지람이 뒤따르곤 했지요.

　끝이 보이지 않는 어둠 속으로 두레박을 던지면, 덜컹거리며 울리던 소리는 이내 시원한 물을 가득 담아 올려왔습니다. 보름달이 환한 밤에는 우물 속에도 달빛이 가득 찼고, 꽃이 만발한 날에는 꽃내음이 스민 물을 마실 수 있었습니다. 그러나 한 많은 인생이 우물에 빠지는 사고라도 생기면, 마을은 술렁였고 신성하던 우물은 졸지에 악수惡水가 되어 곧바로 폐쇄되었습니다. 세월이 흘러 누군가 뚜껑을 열어 보아도, 그 안에는 텅 빈 바람 소리만 남아 있을 뿐이었습니다.

　가뭄에도 마르지 않던 우물은, 정갈히 가꾸는 손길이 사라지면 곧 말라 버립니다. 사람의 마음 또한 이와 다르지 않습니다. 생각과 행동을 아름답게 가꾸면 마음도 아름다움으로 채워지지만, 독기를 품으면 삶의 진실에서 멀어져 결국은 말라버린 우물처럼 황폐해집니다.

　현실을 살아가는 우리는 스스로를 선하고 곱게 가꾸는 일이 쉽

지 않다는 것을 압니다. 아등바등 살다 보면, 그리고 원하는 것을
좇다 보면 자신을 앞세우기 마련이기 때문입니다. 그렇기에 이 사
실을 아는 것만으로도 다행입니다. 어리석음에 끌려 다니지 않도
록 스스로를 가다듬고, 못된 마음을 품지 않으려 애써야 합니다.

불교에서는 반드시 경계해야 할 세 가지 독毒을 말합니다. 탐욕
貪慾, 진에瞋恚, 우치愚癡, 곧 욕심과 분노와 어리석음입니다. 이 삼독
을 멀리하면 삶은 한결 평온해집니다.

부처님께서는 "바른 소견이 청정한 길이니, 바른 소견을 익히면
탐욕과 성냄과 어리석음이 끊어진다."고 하셨습니다.

바른 뜻과 말, 행동과 생활, 노력과 일념, 선정을 닦아 익히는 것
이 삼독을 피하는 길이라는 가르침입니다.

『아함경』의 건매경健罵經에 이런 이야기가 전해집니다. 부처님께
서 슈라바스티국 녹자모 강당에 머무실 때, 욕설로 유명한 '바라드
바자'라는 바라문이 있었습니다. 그는 다가오는 부처님을 향해 욕
을 퍼붓고 흙을 던졌습니다. 그때 마침 거슬러 부는 바람이 일어 흙
은 도로 그에게 되돌아갔습니다. 부처님께서는 그에게 다음과 같
은 게송을 남기셨습니다.

사람이 성내거나 원한이 없는데
그를 보고 누가 욕하고 꾸짖더라도
청정하여 양심을 해치지 않으면
그 허물은 도리어 제게 돌아가니,

마치 흙을 던졌으나

거슬러 부는 바람에 스스로 더러워지는 것과 같네.

이 일화는 마음에 독을 품으면 그 독이 결국 자신에게 되돌아온다는 사실을 일깨웁니다. 탐·진·치는 깨달음과 평화를 가로막는 근원입니다. 성철 스님과 법정 스님 또한 이 세 가지를 삼가야 한다고 거듭 말씀하셨습니다.

이제 선택은 우리에게 있습니다. 자신의 삶에 아름다운 달빛을 담을 것인가, 아니면 독을 담아 삶의 샘을 말리게 할 것인가. 마음을 청정히 가꾸는 일, 그것이 곧 서로를 살리고 우리 모두를 평화로 이끄는 길일 것입니다.

무명無明을
잘라 내면,
내면의 빛이 보이니

욕심을 버리고 집착을 떠나

삼계의 속박을 이미 벗어나

유혹을 물리쳐 욕망을 버린 사람이야말로

가장 뛰어난 사람이다.

『법구경』

✳

바람에 휘날리는 머리카락이 아름다워 보이면서도, 문득 애처롭게 느껴질 때가 있습니다. 그럴 때면 바람을 따라 떠나고 싶어 저리 흔들리는 것인지, 아니면 속절없이 자라나 무상함을 드러내는 것인지 머리카락에게 묻고 싶어집니다.

우리의 옛 선조들은 머리카락을 귀히 여겼습니다. 함부로 자르지 않았고, 사람들 앞에서 풀어 놓는 일도 드물었습니다. 머리카락 한 올이 얼굴에 함부로 닿지 않도록 조심했지요. 그래서 시집가지 않은 처녀와 장가들지 않은 총각은 머리를 곱게 땋아 내렸고, 혼인을 하면 머리를 올렸습니다. 머리카락은 곧 삶의 자리와 마음가짐을 드러내는 표식이었습니다.

오늘날 머리카락은 훨씬 많은 자유를 누리는 듯 보입니다. 다양한 표현은 개성이 되기도 하지만, 때로는 분에 넘쳐 과시가 되기도 합니다. 자유가 깊어질수록 절제가 필요해지는 이유일 것입니다.

출가를 결심한 부처님께서는 마부 찬다카에게 작별을 고하시며

"이제 나는 사람들과 더불어 고苦에서 해탈할 것을 서원하는 뜻으로 삭발하겠다."

고 말씀하셨다고 전해집니다.

불교에서는 머리카락을 무명초無明草라 부르며, 세속적 욕망의 상징으로 봅니다. 무명은 모든 번뇌의 근원으로, 잘못된 견해와 집착 때문에 진리를 깨닫지 못하는 마음의 상태를 가리킵니다. 그래서 출가를 하면 스님들은 머리를 깎습니다. 삭발은 수행자와 세속

인을 구분하는 표지이자, 불문에 귀의해 새 삶을 시작한다는 선언입니다.

그러므로 삭발은 단지 머리카락을 자르는 행위가 아닙니다. 그 의식에는 지금까지 자신을 가려 왔던 무명을 잘라내겠다는 뜻이 함축되어 있습니다. 옛 자아를 내려놓고 불문에 들어 마음과 몸을 맑게 닦아, 깨달음으로 중생을 이롭게 하겠다는 서원의 표식입니다.

스님들에게 삭발은 속세에서 벗어나 구도의 길에 들어섰음을 알리는 정신의 상징이며, 청정 수행의 결의입니다.

법정 스님 역시 출가를 결심한 뒤 가장 먼저 머리카락을 잘라냈습니다. 효봉 스님의 허락을 받고 삭발한 법정 스님의 모습을 본 큰 스님은, 그 자연스러움에 너털웃음을 터뜨리셨다고 합니다. 출가 의식을 마친 뒤, 효봉 스님은 부처님의 법을 잘 받들어 그 정수를 헤아리라는 뜻에서 '법정'이라는 불명을 지어 주셨습니다.

예로부터 스님에게 출가 전의 머리카락 이야기를 묻는 일은 금기시되어 왔습니다. 머리카락을 무명초라 부르는 까닭에서 그 연유를 짐작할 수 있습니다. 세속의 삶에 물들어 빛을 발견하지 못하던 시기를, 불가에서는 진정한 인간다운 삶으로 보지 않았기 때문입니다.

아무런 치장 없이 가지런히 빗어 넘긴 머리에서는 정갈한 아름다움이 느껴집니다. 욕망이 고요히 멈춘 내면이 그대로 드러나는 듯합니다. 꼭 머리를 잘라내지 않더라도, 마음의 빛을 분명히 볼

수 있다면 우리가 붙들고 있던 무명초는 이미 떨어진 것이나 다름
없을 것입니다.

자기 마음을
스승으로 삼는 자

자기 마음을 스승으로 삼아라.

남을 따라서 스승으로 삼지 말라.

자기를 잘 닦아 스승으로 삼으면

능히 얻기 어려운 스승을 얻나니.

『법구경』

가파른 물살을 거슬러 자신의 고향으로 되돌아오는 연어의 이야기는 우리 모두가 익히 알고 있습니다. 태어난 곳으로 돌아가려는 회귀의 꿈은 많은 생명에게 깃든 본능일 것입니다. 그러나 그 꿈을 온몸으로 실천해 내는 일은 결코 쉽지 않습니다. 식탁의 한 자리를 차지하는 생선이라 여기기에는, 그 치열함이 오히려 우리를 부끄럽게 만듭니다.

사람들 또한 저마다의 사정으로 타지에 나와 살아갑니다. 그래서 가슴 한켠에는 언젠가 고향으로 돌아가겠다는 기약을 새겨 두곤 합니다. 하지만 대부분은 수십 년이 흘러도 정다운 옛집으로 돌아가지 못합니다. 일부러 고향을 떠났던 이들일수록 그럴 것입니다. 떠날 때는 후련했으나, 노년에 이르러 그리움으로만 되새길 뿐입니다.

소용돌이치는 삶 속에서 변함없는 꿈을 끝까지 실천하려면, 많은 포기와 인내가 필요합니다. 그래서 대다수는 현실의 변화에 맞추어 순응하며 살아갑니다. 그러나 우리가 미물이라 여겼던 연어는 한결같은 마음을 끝까지 밀고 나갑니다. 그 실천의 끝이 죽음이라 해도, 대를 잇는 의지는 꺾이지 않습니다.

성철 스님은 평소 제자들에게 자신이 시킨 일에 대해 세 번 묻곤 하셨다고 합니다. 첫 번째 물음에는 제자들이 자신만만하게 답합니다. 그러나 잠시 뒤 다시 같은 질문을 받으면, 말끝의 기운이 눈에 띄게 누그러집니다. 이때부터 제자들 마음에는 '과연 제대로 대답 했는가'라는 의심이 싹트기 시작합니다.

어느 정도 시간이 흐른 뒤, 스님은 세 번째로 같은 질문을 던지십니다. 그러면 남아 있던 자신감마저 사라져, 제자들은 말문이 막히거나 얼버무린 대답을 하게 됩니다. 그리고 이쯤 되면, 대답이 채 끝나기도 전에 스님의 불호령이 떨어졌다고 합니다.

이 세 번의 물으심은 분부가 제대로 이행되었는지를 의심해서가 아니었을 것입니다. 성철 스님이 거듭 묻고 또 묻는 까닭은, 자신이 행한 일에 대해 한결같은 마음을 지니고 있는지, 그리고 그 일이 지닌 참된 의미를 스스로 각성하도록 돕기 위함이었을 것입니다.

수행자가 걷는 구도의 길에는 끝이 보이지 않습니다. 표지판도, 확실한 도착지도 없습니다. 홀로 묵묵히 걸어야 하기에, 갖은 역경 속에서도 흔들리지 않는 믿음이 필요합니다. 그 필요를 누구보다 잘 아셨던 성철 스님은, 제자들에게 바로 그 점을 몸으로 일깨워 주셨던 것입니다.

스님은 제자들에게만이 아니라, 자신에게도 같은 원칙을 적용하셨습니다. 일 년 삼백육십오 일, 새벽 세 시면 어김없이 일어나 백팔 배를 올리셨고, 계절을 가리지 않고 냉수마찰을 하셨습니다. 이 빈틈없는 일과 또한 세 번의 물으심과 다르지 않은, 스님의 한결같은 구도가 드러난 행적일 것입니다.

세인의 눈으로 보면, 성철 스님을 괴짜 스님이라 여길지도 모르겠습니다. 그러나 이는 변함없는 의지를 지켜 나가는 일이 오늘을 사는 우리에게 얼마나 낯설고 어려운지 보여 주는 반증이기도 합니다.

아무리 작은 생명일지라도, 그 지속적인 정성을 마주하면 누구나 마음속으로 감탄하게 됩니다. 더구나 인간보다 훨씬 척박한 환경에서 살아가는 많은 생물들이 실제로 그러한 일을 해내고 있습니다.

참된 진리를 깨달을 수 있는 인간의 몸을 받고 태어났다면, 더욱 정진해야 할 이유가 충분합니다. 그 정진의 바탕은 흔들림 없는 자세입니다. 다만 뜻을 이루고자 강박적으로 자신을 옥죄거나, 타인에게 자신의 방식을 강요한다면 진정한 성취의 길에서 멀어질 수 있습니다.

내면을 들여다보며 스스로에게 질문을 던지다 보면, 혜안은 점차 구체적인 답으로 다가옵니다. 해답이 내 안에 있음을 깨닫는 순간, 억지로 애쓰는 정진이 아니라 진심에서 우러난 정진이 시작됩니다. 그러면 속세에 살더라도 생의 진리를 좇게 됩니다.

그러한 사람은 자신의 생각이나 방식을 남에게 강요하지 않습니다. 강요하지 않아도, 그의 삶에서 퍼져 나오는 맑은 빛을 통해 주변 사람들은 자연스레 지혜를 얻습니다. 그 자세는 변함없이 빛나는, 자기 마음 깊은 곳의 열기에서 비롯될 것입니다.

마음은 비고
상도 없는
무심함

만일 그 마음의 더러움이 다하고
거짓된 즐거움에 집착함 없이 마음은 비고 상도 없어
해탈에 노닐 때에는 그 사람의 자취를 찾을 길 없나니,
마치 허공을 나는 새의 자취를 찾을 수 없는 듯하다.
　『법구경』

❋

홀로 고요히 피어 있는 꽃을 바라보는 것도 즐겁고, 무리 지어 피어난 꽃을 바라보는 것도 즐겁습니다. 서로 다른 종류의 꽃들이 고르게 어우러져 피어 있는 모습을 마주할 때면, 그 기쁨은 더욱 깊어집니다.

자연의 세계에서는 질서를 이루며 공존하는 이 조화가 너무도 당연한 아름다움이지만, 인간의 세계에서는 좀처럼 보기 어려운 장면처럼 느껴집니다. 사람의 역사에서 아름다움이 피어나는 자리에는 종종 그에 상응하는 부덕不德이 함께 도사려 왔기 때문일 것입니다.

꽃과 같은 자연물은 자신에게 깊이 침잠해 앞뒤를 헤아리지 않습니다. 나와 너를 가르지 않으니, 어쩌면 자기 자신에게조차 무심한 존재들일지도 모릅니다. 그들은 다만 자라나고 피어나며, 때가 이르면 스러지는 일까지 성실히 수행할 뿐입니다. 그래서 그들의 아름다움에서는 인위가 아닌 자연스러운 조화가 느껴집니다. 그곳에서는 아름다움을 그저 아름다움으로 바라볼 수 있습니다. 장미와 안개꽃 가운데 무엇이 더 낫다고 가리는 일은, 오직 인간만이 하는 판단일 것입니다.

부처님께서는 우리가 지닌 느낌과 생각, 행위와 의식에 속박되지 말라고 가르치셨습니다. 그러면 즐기고 탐하는 마음이 사라져 해탈에 이를 수 있으며, 할 일을 마친 이는 다시 후생에 몸을 받지 않는다고 말씀하셨습니다. 집착을 내려놓는 순간, 삶은 더 이상 얽매임의 대상이 되지 않습니다.

성철 스님 또한 매사에 무심할 것을 거듭 강조하셨습니다. 그러나 스님이 말한 무심은 생각이 사라진 멍한 상태를 뜻하지 않았습니다.

스님께서는 "분주함을 싫어하고 조용함을 좋아한다면, 그는 아직 깨친 사람이 아니다"라고 하셨습니다.

깨달음을 얻은 이는 조용함을 조용함으로, 분주함을 분주함으로 느끼지 않는다고 하셨습니다.

스님의 가르침에 따르면, 진정한 마음의 평정을 얻은 사람은 조용함과 분주함을 함께 꿰뚫어 본 사람입니다. 그러하기에 극락에 있어도, 지옥에 있어도 싫어함 없이 무심함을 잃지 않는 존재가 됩니다. 마음이 어느 한쪽에 머물지 않기에, 어디에도 얽매이지 않는 것입니다.

사람들은 푸른 하늘과 끝없는 대지가 맞닿아 보이는 곳을 지평선이라 부르며, 그곳을 종종 지상의 낙원에 비유합니다. 결코 어우러질 수 없을 것 같은 두 경계가 만나는 이상적인 공간처럼 보이기 때문입니다. 그러나 그곳 또한 무심의 세계라 할 수는 없습니다.

진정한 낙원이란 하늘과 땅이라는 구분조차 떠올릴 수 없는, 경계가 완전히 사라진 자리이기 때문입니다.

꽃은 어디에서나 피어납니다. 아스팔트 틈에서 먼지를 뒤집어쓴 채 피어난 민들레도, 정갈한 화단에서 피어난 민들레도 모두 다르지 않게 아름답습니다.

경계가 사라진 세계를 지닌 사람은 어느 곳에서든 살아갈 수 있습니다. 그는 세상 바깥에서가 아니라, 자기 안에서 진리의 해답을 찾기 때문입니다. 자기 안에 이미 무심의 세계가 있음을 아는 사람, 그 사람이야말로 해탈의 길 위에 서 있는 존재일 것입니다.

9장

행복은 지금 이 자리에 있습니다

이곳에서
찾지 못하는
기쁨

높고 낮은 현상들을 깨달아

그것을 제거하고 사라지게 하며

적멸을 성취하고 부수고 해탈하였으니,

이렇게 오신님은 헌과를 받을 만합니다.

『바라드와자의 경』

사람들은 종종 어딘가로 훌쩍 떠나고 싶어 합니다.

일상에서 벗어나 낯선 곳으로 흘러가면, 모든 것이 새로워지고 숨통이 트일 것이라 기대합니다. 그러나 떠남의 시간이 길어질수록, 휴양지의 느린 시간도 시원한 풍광도 이국적인 음식도 차츰 빛을 잃습니다. 그곳 역시 내가 떠나온 자리와 다르지 않은 일상이 있기 때문입니다.

숨 막히는 이곳을 벗어나 다른 곳에 도착하면, 처음에는 가슴이 터질 듯한 해방감을 느낍니다. 하지만 그 감정은 그곳이 '휴양지'로 기능하는 동안에만 머뭅니다. 그곳의 사람들은 여느 날처럼 하루하루의 삶을 살아가고 있고, 시간이 흘러 그곳이 일상이 되는 순간, 바탕이 없는 삶은 지루함과 불편함으로 변해 갑니다.

긴 여정을 마친 사람들이 집으로 돌아옵니다. 문을 여는 순간, 익숙한 공기에 안도합니다. 손때가 묻었지만 몸을 편안히 감싸 주는 소파, 늘 푸르른 화초의 조용한 인사, 소박한 저녁과 익숙한 향기가 남은 이불. 창밖에서 흔들리는 나무는 자장가가 되어 줍니다. 늘 그 자리에 있어 주던 것들이 건네는 환대에 감사하며 깊은 잠에 들고, 다음 날을 살아갈 힘을 되찾습니다.

사람들은 일상을 가리켜 흔히 '다람쥐 쳇바퀴'라 말합니다. 늘 같은 생활의 반복이라는 뜻으로, 지루함을 내포한 표현입니다. 그러나 쳇바퀴 위의 다람쥐를 실제로 본 사람이라면 그 말을 쉽게 쓰지 못할 것입니다.

숲에서 마음껏 뛰노는 것이 다람쥐의 본래 바람일지라도, 작은 철망 안에서 쳇바퀴는 그에게 살아 있음을 확인하게 하는 활력의 장치이기 때문입니다.

법정 스님은 행복의 조건이 언제나 우리 곁에 있다고 말씀하셨습니다. 길가의 작은 풀잎에도, 엄마 등에 업혀 방긋 웃는 아이의 얼굴에도 행복은 깃들어 있다고 하셨습니다.

어느 날 미술관을 찾았을 때, 전시된 작품 대부분이 지나치게 커 작은 소품을 만나기 어려웠다는 이야기를 들려주시며, 우리 사회가 거대주의에 빠져 있다고도 하셨습니다. 큰 것이 아름답듯 작은 것 또한 아름답지만, 우리는 자꾸 큰 것만을 좇아 주변에 널린 소소한 행복을 놓친다는 지적이었습니다.

바다를 한 번도 보지 못한 사람은, 언제나 거대하게 물결치는 바다를 상상합니다. 그래서 잔잔한 호수처럼 고요한 바다를 마주하면 실망합니다. 그러나 바다가 늘 웅장하기만 하다면 우리는 결코 그 곁에 다가설 수 없었을 것입니다.

바다에서 기쁨을 발견하는 사람은 잔잔한 물결을 바라봅니다. 그 속에 깃든 물고기들의 삶을 떠올리며 즐거워하고, 모래사장의 소라껍데기에서 바다의 소리를 듣습니다. 오래전 큰 바위였을 법한 자갈을 주워 들고, 고요한 물결 속에 잠재한 거대한 힘을 예감합니다.

사람에게 일상은 숙명과도 같습니다. 일상에서 벗어나기 위해 끊임없이 모험을 떠나는 이가 있다면, 그에게는 모험 또한 일상이 됩니다. 반복되는 삶을 지루하다고 여기는 순간, 그는 자신의 운명을 스스로 지루하게 만드는 셈입니다.

일상 속에서 의미를 발견하지 못한 사람은, 세계의 유명 도시를 누비고 수많은 장소를 탐험해도 삶의 기쁨과 가치를 놓치게 됩니다. 일상을 놓친 채 타국에서 느끼는 기쁨은, 잠시 바깥에서 왔다가 이내 사라지는 감정일 뿐입니다.

삶의 기쁨은 멀리 있지 않습니다. 우리의 하루를 정겹고 따뜻하게 밝혀 주는 것들, 그 소소함 속에 진한 기쁨이 있습니다.

잔잔한 일상의 물결 속에서 기쁨을 발견해 내는 사람, 그가 바로 인생의 참된 행복을 누리는 사람일 것입니다.

기운 달이
차오르듯

버림과 삼매三昧로 멍에를 삼고

지혜와 정진으로 바퀴를 삼으며

집착 없음과 참음으로 갑옷을 삼으면

안온하고 법답게 행할 수 있다.

『바라문경』

초로에 접어든 한 사람이 거울 앞에 섭니다.

그는 이내 깊은 한숨을 내쉬며, 꽃 같던 얼굴이 온데간데없어졌다며 세월을 원망합니다. 그러나 세월을 탓하는 이는 하나만 알고 둘은 모르는 사람일지도 모릅니다. 자신과 더불어 세월 또한 함께 변하며 흘러가고 있기 때문입니다.

어린 시절 즐겁게 뛰놀던 추억의 장소를 다시 찾으면, 그 작은 크기에 놀라곤 합니다. 그때는 하루 종일 돌아다녀도 모자랄 만큼 넓어 보였던 곳이, 어른이 된 지금의 나에게는 몇 걸음 폭에 불과합니다. 정말 그 장소가 줄어든 것일까요? 아닙니다. 내가 자랐기 때문에 그렇게 느껴질 뿐입니다. 그렇다고 소중한 장소를 잃은 것은 아닙니다. 비록 지금의 나에게는 어울리지 않게 되었을지라도, 그곳에서 빚어진 추억은 해가 갈수록 내 안에서 깊게 익어 갑니다.

사람과 그가 놓인 환경은 끊임없이 변합니다. 그러므로 과거의 영광에만 머무르려는 사람은 행복할 수 없습니다. 변화하는 세월을 인정하고, 매일을 새롭게 바라보아야 합니다.

법정 스님은 인생이란 거듭 새롭게 시작할 수 있어야 한다고 하셨습니다. 어제와 오늘이 똑같다면, 그것은 앞으로 나아가는 삶이 아니라 제자리에 맴도는 삶이라 하셨습니다. 사람은 서 있는 그 자리에서 자신의 생을 더 깊이 심화시켜야 한다는 가르침입니다.

또한 스님은 변화가 없는 삶은 곧 침체된 삶이라고 하셨습니다. 우리와 이 세상에 속한 모든 것은 이미 완성된 존재가 아니라, 되어

가는 과정 속에 놓여 있기 때문입니다. 그러므로 우리는 날마다 변화하는 삶을 살아야 합니다.

옛사람들이 자주 인용하던 말 가운데 상전벽해桑田碧海가 있습니다. 그 뜻을 전하는 시 한 수가 전해집니다.

낙양성 동쪽 복숭아꽃 오얏꽃,
날아오고 날아가며 누구의 꽃이 지는가.
낙양의 어린 소녀는 얼굴이 아까운지,
길에서 만나 길게 한숨짓는다.
올해 꽃이 지면 얼굴도 변할 터,
내년에 피는 꽃은 또 누가 보랴.
뽕나무 밭이 푸른 바다로 변한다 함이
과연 헛된 말이 아니로다.

뽕나무 밭이 바다로 변한다는 상전벽해는, 자신도 모르는 사이 세상이 달라졌음을 비유하는 말입니다. 낙양의 소녀처럼 지는 세월 앞에서 한숨을 내쉬는 것이 사람의 마음이지만, 이 이야기가 전하는 바는 세월의 무상함입니다. 그리고 그 무상함 앞에서, 지는 것에 굳이 집착할 필요가 없음을 일깨워 줍니다.

세월은 덧없이 흐르고, 그 세월을 사는 사람 또한 함께 변합니다. 그러므로 헛된 집착을 내려놓고, 매일매일 최선을 다해 삶을 누리는 것이 기쁘게 사는 길입니다. 상전벽해는 세상사가 덧없이 바뀜을 이르는 말이기도 하지만, 한편으로는 뽕나무 밭이 바다로 변해도 진리를 구하려는 사람의 마음만은 변하지 않는다는 뜻으로도 읽을 수 있습니다.

세월과 세상은 끊임없이 변하지만, 내면의 진리를 향한 마음으로 날마다 새롭게 태어나 하루의 삶을 살아가길 바랍니다. 하루의 일상은 전날과 같아 보이지만 결코 같지 않습니다. 나날이 자신 안의 빛을 살리지 못한다면, 몸은 움직여도 참으로 살아 있는 삶이라 말하기 어렵습니다.

부처님께서는 "진실이라 여기는 것이 머무름과 헤아림, 인연으로 일어난 것이라면 그것은 덧없는 것이며, 덧없는 것은 곧 괴로움"이라고 말씀하셨습니다.

이 사실을 분명히 알게 되면, 일체에 집착할 이유가 사라집니다.

하늘에 환히 떠 있는 보름달도 차츰 기울어 초승달이 됩니다. 그러나 초승달은 다시 차오릅니다. 그러니 달이 기운다고 슬퍼할 필요는 없습니다. 사람의 삶 또한 이와 같습니다. 시작이 있으면 끝이 있지만, 끝은 새로운 시작으로 이어집니다. 사라지는 듯 보여도 모든 것은 하나로 연결되어 있습니다. 만남과 헤어짐 또한 그러합니다.

세상과 나의 흐름을 인정하고 받아들이며, 변화 앞에서 무심해질 수 있을 때, 우리는 하루하루를 새롭게 살아갈 수 있습니다. 그 새로움 속에서 지금 이 순간을 온전히 사는 일, 그것이야말로 행복의 가장 첫 번째 조건일 것입니다.

내면에 담긴
보물 상자

마치 단단한 기둥이 땅 위에 서 있으면
사방에서 부는 바람에도 흔들리지 않듯,
성스러운 진리를 분명히 보는 참사람 또한 이와 같다.
참모임 안에야말로 이 훌륭한 보배가 있으니,
이러한 진실로 말미암아 모두가 행복해지기를.
『보배경』

누구나 마음속에 소중한 것을 담아 두는 보물 상자 하나쯤은 가지고 있을 것입니다. 만약 서로의 보물 상자를 바꾸어 갖는다면, 과연 만족할 수 있을까요.

상자를 열어 본 사람들은 어쩌면 실망할지도 모릅니다. 그 안에는 작은 돌멩이, 실뭉치, 오래된 사진, 낡은 단추 같은 것들이 들어 있기 때문입니다. 실제로 그 물건들을 거저 준다 해도 선뜻 받아들일 이는 많지 않을 것입니다. 그러나 어떤 이에게는 그 무엇과도 바꿀 수 없는 보배입니다.

같은 물건을 두고도 가치가 천차만별로 갈리는 이유는, 사물 자체가 아니라 그 위에 덧씌워진 의미 때문입니다.

법정 스님은 가치 있는 삶이란 욕망을 충족시키는 삶이 아니라고 하셨습니다. 욕망은 잠시의 바람일 뿐이며, 하나가 채워지면 곧 더 큰 자극을 요구한다고 하셨습니다. 그래서 욕망을 채우는 삶은 결코 가치 있는 삶이 될 수 없다고 말씀하셨습니다. 스님이 말한 가치 있는 삶, 곧 행복한 삶이란 의미를 채우는 삶입니다. 그 의미가 삶의 방향을 밝히는 지표가 되어 준다는 가르침입니다.

프랑스의 작가 앙투안 드 생텍쥐페리가 쓴 『어린 왕자』에는 이런 장면이 나옵니다. 어린 왕자는 자신의 별에서 장미 한 송이를 키우다 지구로 여행을 떠나며 아쉬운 작별을 합니다.

지구에 도착한 그는 자신의 장미와 꼭 닮은 수많은 장미를 보게 되지만, 기뻐하지 않습니다. 겉모습은 같아도 함께한 시간과 나눈 기억이 없기 때문입니다. 서로의 삶을 위로하며 사랑했던 그 추억이야말로, 어린 왕자에게는 단 하나뿐인 의미였던 것입니다.

행복하고 가치 있는 삶이란 이렇게 자신의 의미를 채우는 삶입니다. 세상의 욕망으로 점철된 가치를 무분별하게 쌓아 올리는 삶이 아닙니다. 욕망만으로 채운 삶은 그것이 사라지는 순간, 한꺼번에 무너져 내리는 허망한 집과도 같습니다.

반면 의미로 채운 삶은 쉽게 무너지지 않습니다. 자신만의 가치로 가득한 삶은, 설령 눈에 보이는 형체가 사라져도 이미 마음 깊은 곳에 새겨져 있기에 언제든 다시 떠올릴 수 있습니다.

보물 상자 속의 작은 돌멩이는 바다와 처음 마주하던 날 주운 것일지도 모릅니다. 붉게 일렁이던 노을과 파도의 숨결이 그 돌에 담겨 있습니다.

낡은 단추 하나는 어머니가 정성껏 지어 주신 교복의 단추일 수 있습니다. 힘겨운 공부 끝에 졸업을 맞던 날, 어머니의 사랑을 떠올리며 그 단추를 상자에 넣었을 것입니다. 그는 상자를 닫기 전, 단추를 만지작거리며 언젠가 훌륭한 사람이 되겠다는 다짐을 새겼을지도 모릅니다. 그 마음이 고스란히 단추에 깃들었을 것입니다.

이처럼 의미로 가득 찬 보물 상자 같은 삶은, 설령 돌멩이나 단추가 사라져도 없어지지 않습니다. 그 보물은 여전히 그 사람의 가슴 안에 남아 삶을 비추는 빛이 됩니다. 그런 보물을 지닌 사람은 자신이 나아갈 방향을 잃지 않고, 더 성실히 하루를 살아가게 됩니다.

욕망이 아니라 의미로 채워진 삶은, 어떤 도둑도 훔쳐 갈 수 없는

보배로 가득한 집입니다. 그 집은 내면에 단단히 세워져, 세상의
바람에도 흔들리지 않습니다.

버림을
최소화하라

하늘이 칠보를 비처럼 내려도
욕심은 오히려 배부를 줄 모르나니,
즐거움은 잠깐이요 괴로움은 많음을
어진 이는 분명히 안다.
『법구경』

어느 골목길에 멀쩡해 보이는 책상 하나가 버려져 있습니다.

가까이 다가가 살펴보니 서랍 손잡이 하나가 빠져 있습니다. 그러나 그것만으로는 버릴 이유가 부족해 보입니다. 조금 더 들여다보니 책상 다리에 미세한 금이 간 흔적이 보입니다. 그제야 버려진 까닭을 짐작하게 됩니다.

사람이 버린 것들을 보면 그 삶의 단면이 비칩니다. 거리로 나온 물건들에는 저마다 버려질 만한 사연이 있겠지만, 버리면 버릴수록 우리 삶에는 오히려 더 많은 것들이 쌓여 간다는 사실을 잊기 쉽습니다.

새로 들인 물건이 늘어날수록 마음의 짐 또한 가벼워지지 않는 법입니다.

성철 스님은 모든 것을 극히 귀하게 여기며 사셨다고 전해집니다. 그 삶의 태도는 여러 일화로 남아 있습니다. 그중에서도 널리 알려진 것이 나일론 양말 이야기입니다. 스님은 칠십이 넘은 연세에도 양말을 손수 기워 신으셨다고 합니다. 이를 본 어떤 스님이 질긴 나일론 양말을 권하자, 성철 스님은 "중이라면 기워 신어야 한다"며 단호히 사양하셨다고 합니다.

이 일화가 전하는 바는 분명합니다. 모든 것을 아끼고, 버림을 최소화하라는 가르침입니다. '중이라면 기워 입고 살아야 한다.'는 말은 단지 검소함을 넘어서, 사물 하나하나를 귀히 대하라는 뜻일 것입니다.

귀함을 일깨우는 또 다른 이야기도 전해집니다. 성철 스님 앞에서 사과를 깎을 때면, 스님들은 껍질을 종잇장처럼 얇게 벗겨 냈다고 합니다. 흰 속살이 거의 드러나지 않도록 푸른 껍질을 남겼기 때문입니다. 만약 속살을 두껍게 깎아낸 사과를 올리면, 스님의 호통이 뒤따랐다고 합니다.

무더운 여름날의 수박 일화 또한 그러합니다. 어느 날 공양주가 수박을 내놓았는데, 얼마 지나지 않아 성철 스님의 우렁찬 고함이 들렸다고 합니다. 마당으로 나가 보니, 붉은 속살이 그대로 남아 있는 수박 껍질이 쓰레기통에 버려져 있었습니다. 스님은 그 모습을 가리키며 호되게 꾸짖었고, 결국 신도들과 스님들은 하얀 껍질이 드러날 때까지 다시 수박을 먹어야 했다고 합니다.

이 모든 이야기가 말해 주는 것은 한 가지입니다. 우리는 모든 것을 극히 귀하게 여겨야 한다는 것입니다. 특히 풍족함이 일상이 된 현대일수록, 이러한 태도는 더욱 절실합니다. 사물을 소중히 대하면, 사실 많은 것이 필요하지 않다는 깨달음에 이르게 됩니다.

오늘날 우리는 물질을 행복의 단위로 삼고 살아갑니다. 그 욕심의 결과로 세상에는 쓰레기가 넘쳐나고, 그와 함께 상대적 박탈감과 공허함 또한 늘어납니다. 풍요 속에서 오히려 마음은 빈곤해지는 역설이 벌어지는 것입니다.

이럴 때일수록 성철 스님의 가르침을 되새겨 볼 필요가 있습니다. 모든 사물을 귀하게 여긴다면, 물질적 가치가 행복의 기준이 되는 일은 줄어들 것이고, 그로 인한 정신적 빈곤 또한 함께 사라질 것입니다.

조금만 더 생각했다면 그 책상은 버려지지 않았을지도 모릅니다. 사물을 하나의 가족처럼 대했다면, 손잡이를 고치고 금이 간 다리를 보수해 오래도록 함께했을 것입니다.

모든 사물에 영성이 깃들어 있다고 여기며 살아간다면, 우리의 삶은 훨씬 더 풍요로워질 것입니다.

10장

해탈의 길

절속絶俗
- 수도팔계 1 -

사람에게는 네 가지 고독이 있다.

태어날 때는 혼자 오고,

죽을 때도 혼자 가며,

괴로움도 홀로 받으며,

윤회의 길 또한 혼자서 간다.

그러므로 수행의 길은 본디 홀로 서는 일이다.

속세의 소음과 기대에서 한 걸음 물러나

자신의 삶을 온전히 마주하는 데서

해탈의 첫걸음은 시작된다.

금욕禁慾
- 수도팔계 2 -

모든 중생은 갖가지 애정과 탐심,

그리고 음욕으로 말미암아 생사의 윤회를 거듭한다.

음욕은 애정을 일으키고,

애정은 다시 생사를 낳는다.

마음에 맞는 대상에는 집착이 생기고,

거스르는 대상에는 미움과 질투가 일어나

온갖 악업을 짓게 된다.

그러므로 생사의 괴로운 윤회에서 벗어나고자 한다면

먼저 탐욕을 끊고

애정의 갈증에서 벗어나야 한다.

천대賤待
- 수도팔계 3 -

누군가 갖가지 말로 우리를 헐뜯는다 하여
그들을 해쳐서는 안 된다.
비방에 분노로 맞선다면
그 순간 이미 스스로 진 것이다.
또한 칭찬에 들떠 마음이 흔들려서도 안 된다.
공연한 칭찬에 마음을 빼앗기는 것 또한
스스로를 낮추는 일이기 때문이다.
칭찬과 비난을 한결같이 받아들이는 데에
수행자의 길이 있다.

하심下心
– 수도팔계 4 –

수행자는 마땅히 마음을 단정히 하고
검소하며 진실해야 한다.
표주박 하나와 누더기 한 벌이면
어디를 가든 걸림이 없다.
마음이 곧게 서 있으면
그곳이 바로 도량이다.
이 몸에 집착하지 않는다면
세상 어디에서도 자유롭다.

정진精進
- 수도팔계 5 -

구도심이 없는 삶은
뿌리 없는 나무와 같다.
그러나 정진이 지나치게 느리면 게으름이 되고,
지나치게 급하면 이루지 못한다.
이는 거문고 줄을 너무 조이거나 늦추면
맑은 소리가 나지 않는 것과 같다.
이 목숨은 무상하고
인생은 한순간이니,
부지런히 닦아 불멸의 곳으로 나아가야 한다.

고행苦行
- 수도팔계 6 -

메아리 울리는 바위굴을 염불당 삼고,

슬피 우는 오리 새를 마음의 벗으로 삼는다.

절하는 무릎이 얼음처럼 차가워도

따뜻함을 구하는 마음을 내지 말고,

굶주림이 창자를 끊는 듯해도

밥을 탐하는 생각을 품지 말아야 한다.

인생은 어느덧 백 년.

어찌 닦지 않고 방일할 수 있겠는가.

예참禮懺

- 수도팔계 7 -

허물이 있으면 곧 참회하고,

그릇됨이 있으면 부끄러워할 줄 아는 데에

대장부의 기상이 있다.

허물을 고쳐 스스로를 새롭게 하면

그 죄업은 참회하는 마음을 따라 사라진다.

참회란 지은 허물을 뉘우치고

다시는 범하지 않겠다고 서원하는 일이다.

마음은 본래 비어 고요하니

죄업이 머물 곳은 없다.

이타利他
- 수도팔계 8 -

보살의 마음은 자비심을 근본으로 한다.

자비심을 일으키면

한량없는 선행이 그 안에서 흘러나온다.

모든 선행의 뿌리를 묻는다면

자비심이라 답하라.

자비심은 진실하여 헛되지 않고,

선한 행은 진실한 마음에서 나온다.

진실한 마음이 곧 자비심이며,

자비심이 곧 부처의 마음이다.

부록

×

성철·법정 스님의
명언 100선

성철 스님 명언

#수행　#정진

산은 산이고 물은 물이다.

수행은 말이 아니라 실천이다.

깨닫지 못하면 수행이 아니다.

목숨을 걸지 않으면 도道를 얻을 수 없다.

공부는 죽도록 하는 것이다.

안 되면 될 때까지 하라.

정진은 타협이 없다.

잠깐의 방일이 평생을 그르친다.

참선은 생사를 건 문제다.

수행자는 한 생각도 허투루 쓰지 않는다.

#깨달음   #진리

깨달음은 미래에 있지 않다.

지금 이 마음이 바로 부처다.

알음알이를 버려라.

분별하는 순간 이미 틀렸다.

참다운 앎은 말이 끊어진 자리다.

깨달음은 새로 얻는 것이 아니다.

본래부터 완전하다.

의심이 클수록 깨달음도 크다.

한 생각 돌이키면 바로 해탈이다.

부처를 찾지 말고, 부처가 되라.

수행자는 스스로를 속이지 말아야 한다.

남을 속이는 것보다 자기를 속이는 것이 더 큰 죄다.

계율은 생명이다.

흐트러진 마음으로는 아무것도 이룰 수 없다.

편안함을 구하면 도는 멀어진다.

대충은 곧 타락이다.

수행에는 변명이 없다.

하루를 헛되이 보내면 생을 헛되이 보내는 것이다.

엄격함이 자비다.

자기를 이기는 것이 가장 큰 수행이다.

삶과 수행은 둘이 아니다.

사는 곳이 곧 도량이다.

일상 속에서 도를 잃지 말라.

지금 이 순간이 전부다.

마음이 바로 서면 세상도 바로 선다.

한 생각이 천지를 가른다.

죽음을 바로 보아야 삶이 바로 선다.

헛되이 살지 말라.

참되게 살면 길은 저절로 열린다.

삶을 속이지 말라.

불교는 철학이 아니라 실천이다.

경전은 길이고, 수행은 걷는 것이다.

말로 아는 불교는 죽은 불교다.

부처님 가르침은 단순하다. 우리가 복잡하게 만들 뿐이다.

형식에 매이면 본질을 잃는다.

가르침은 손가락이지 달이 아니다.

진리는 꾸밀수록 멀어진다.

참선이 곧 불교의 생명이다.

수행 없는 불교는 공허하다.

바로 지금, 바로 여기서 끝장을 보라.

#무소유　#비움

무소유란 아무것도 갖지 않는다는 뜻이 아니라,
불필요한 것을 갖지 않는다는 뜻이다.

가질수록 불안해지고, 덜 가질수록 자유로워진다.

소유는 잠시의 안정을 주지만, 곧 또 다른 결핍을 낳는다.

비울 수 있을 때 삶은 가벼워진다.

나는 가진 것이 적어서가 아니라, 욕심이 적어서 자유롭다.

필요한 만큼만 있으면 삶은 이미 풍요롭다.

소유가 늘수록 삶은 복잡해진다.

버릴 줄 아는 사람만이 새로 가질 수 있다.

집착이 곧 가난이다.

무소유는 선택이 아니라 수행이다.

삶은 소유가 아니라 관계로 이루어진다.

바쁘다는 말은 삶을 놓치고 있다는 고백일지도 모른다.

오늘을 살지 못하면 내일도 없다.

단순하게 살면 마음이 깊어진다.

말을 줄이면 생각이 맑아진다.

행복은 멀리 있지 않다. 지금 이 자리에 있다.

자연스러움이 곧 가장 높은 품격이다.

서두르지 말라. 삶은 도망가지 않는다.

침묵은 가장 깊은 가르침이다.

조용한 시간이 사람을 사람답게 만든다.

#마음 #내면

마음이 어지러우면 세상도 어지럽다.

행복은 조건이 아니라 상태다.

자기 자신과 화해하지 못하면 누구와도 화해할 수 없다.

마음을 다스리지 못하면 아무것도 다스릴 수 없다.

불안은 미래에 대한 과도한 상상에서 온다.

마음이 머무는 곳이 곧 삶의 자리다.

자신을 들여다보는 시간이 곧 수행이다.

비교하는 순간 평화는 사라진다.

고요 속에서 진짜 내가 드러난다.

마음 하나 놓으면 세상이 넓어진다.

사랑은 소유가 아니라 배려다.

상대를 바꾸려 하지 말고, 나를 낮추라.

함께 있어도 외롭지 않게 하는 것이 사랑이다.

침묵 속에서도 따뜻함을 전할 수 있어야 한다.

이해하려는 마음이 다툼을 멈추게 한다.

사랑은 주는 데서 자란다.

말보다 태도가 사람을 설득한다.

기다려 줄 수 있는 마음이 곧 자비다.

상처를 주지 않는 것이 가장 큰 배려다.

함께 늙어 갈 수 있는 관계가 가장 귀하다.

깨달음은 얻는 것이 아니라 알아차림이다.

수행은 특별한 일이 아니라 일상의 태도다.

지금 이 순간을 놓치지 않는 것이 수행이다.

밖에서 구하지 말고 안에서 발견하라.

번뇌를 없애려 하지 말고, 알아차려라.

길은 멀리 있지 않다. 발아래 있다.

삶 자체가 수행의 도량이다.

단순함 속에 진리가 있다.

스승은 밖에 있는 사람이 아니라, 지금의 경험이다.

살아 있다는 사실 하나만으로도 이미 충분하다.

에필로그

성철 스님과 법정 스님은 같은 시대를 살았지만, 서로 다른 길로 수행하신 분들이었습니다. 한 분은 극한의 정진으로 스스로를 몰아붙이며 깨달음의 문을 돌파하고자 했고, 다른 한 분은 일상의 숨결 속에서 욕심을 덜어 내며 고요히 마음을 닦아 가셨습니다. 그러나 그 모든 차이에도 불구하고, 두 분이 우리에게 전하고자 했던 질문만큼은 하나였습니다.

"어떻게 살아야 진정으로 행복해질 수 있는가."

성철 스님은 깨달음을 결코 미래로 미루지 않으셨습니다.

"깨달음은 지금 이 자리에서 정진하여 돌파하고 증득하는 것"이라는 말씀처럼, 그분의 수행은 늘 현재형이었고 결연했습니다. 한

치의 타협도 허용하지 않는 수행 태도는 생사를 건 결단이었으며, 수행자는 물론 자신에게조차 관대함을 허락하지 않았습니다.

반면 법정 스님은 행복을 소유의 반대편에서 찾으셨습니다.

"행복은 더 많이 갖는 데 있지 않고, 욕심과 고집을 내려놓고 비우는 데 있다"는 가르침처럼, 그분의 수행은 일상 속에서 조용히 스며들며 삶을 맑게 하는 방식이었습니다.

수행의 태도에서도 두 분은 뚜렷한 대비를 이룹니다. 성철 스님의 수행은 산문山門 깊숙한 곳에서 철저한 자기 단속과 고행으로 이루어졌고, 법정 스님의 수행은 밥을 짓고, 걷고, 말하고, 글을 쓰는 삶의 모든 순간에서 이어졌습니다. 한 분은 수행 그 자체가 삶의 전부였고, 다른 한 분은 삶 전체가 수행이었습니다. 그러나 그 방향은 달라도, 두 분 모두 끝내 마음의 자유를 향해 걸어가고 계셨습니다.

말의 온도 또한 달랐습니다. 성철 스님의 말씀은 불꽃처럼 직설적이었고, 듣는 이의 마음을 단번에 꿰뚫었습니다. 그 말은 때로 차갑고 엄중했지만, 수행자를 흔들어 깨우는 힘을 지니고 있었습니다. 법정 스님의 말씀은 봄바람처럼 부드럽고 향기로웠습니다. 꾸짖기보다는 돌아보게 했고, 밀어붙이기보다는 스스로 내려놓게 했습니다. 두 분의 언어는 온도는 달랐지만, 모두 마음을 향해 있었습니다.

삶의 자세 또한 그러했습니다. 성철 스님은 엄격한 수행으로 일관하셨고, 법정 스님은 소박하고 따뜻한 태도로 끊임없는 자기 성찰을 이어 가셨습니다. 대중과의 거리와 소통 방식에서도 두 분의 결은 분명히 달랐습니다. 성철 스님은 수행자 중심의 엄격한 삶을 선택하셨고, 그 기준을 타인에게도 동일하게 요구하셨습니다. 권력자 앞에서도 고개 숙이지 않았던 그분의 태도는 수행자의 기개이자 불법에 대한 절대적 신뢰의 표현이었습니다. 반면 법정 스님은 삶 속에서 직접 실천하며, 글과 말로 대중과 끊임없이 소통하셨습니다. 무소유의 삶을 몸소 살아 보이며, 누구나 따라갈 수 있는 길로 불법을 풀어 주셨습니다.

이처럼 두 분 스님의 삶의 태도와 수행 방식, 말의 온도와 생활의 결은 서로 달랐지만, '무소유'라는 철학만큼은 깊이 공유하며 함께 실천하셨습니다. 무소유는 단순히 갖지 않는 삶이 아니라, 꼭 필요한 것만 남기고 나머지를 내려놓을 줄 아는 용기였습니다. 적게 가져도 충분히 행복할 수 있다는 것, 비울수록 마음이 더욱 자유로워진다는 것을 두 분은 자신의 삶으로 증명해 보이셨습니다.

이 책을 읽는 우리는 과연 얼마나 많은 것을 움켜쥐고 살아가고 있는지, 그리고 그중 얼마나 많은 것이 없어도 되는 것인지 스스로에게 묻게 됩니다. 더 가지기 위해 애쓰느라 놓치고 있는 것은 없는지, 비우는 대신 쌓아 두기만 하느라 마음이 무거워진 것은 아닌지 돌아보게 됩니다. 두 분 스님의 삶은 우리에게 묻습니다.

"지금의 삶에서 정말로 필요한 것은 무엇인가."

이 책이 독자 여러분에게 무언가를 더 얹어 주기보다, 오히려 하나쯤 내려놓을 수 있는 계기가 되기를 바랍니다. 조금 덜 가지는 대신 조금 더 자유로워지고, 조금 더 비우는 대신 조금 더 평온해지는 길을, 두 분 스님의 삶을 통해 조용히 발견할 수 있기를 바랍니다. 그것이 바로 이 책이 전하고자 하는 무소유의 진정한 향기일 것입니다.

무
소
유

초판 인쇄 2026년 1월 15일
초판 발행 2026년 1월 20일

지은이 김세중
펴낸이 김상철
발행처 스타북스
등록번호 제300-2006-00104호
주소 서울시 종로구 종로 19 르메이에르종로타운 A동 907호
전화 02) 735-1312
팩스 02) 735-5501
이메일 starbooks22@naver.com

ISBN 979-11-5795-788-0 03810